诺贝尔文学奖获奖大师儿童作品经典

蜜蜂公主

〔法〕阿纳托尔·法朗士　著

奉一默　译

中原出版传媒集团
中原传媒股份公司

大象出版社
·郑州·

图书在版编目（CIP）数据

蜜蜂公主 /（法）阿纳托尔·法朗士著 ； 奉一默译 .
-- 郑州 ： 大象出版社，2023.10
（诺贝尔文学奖获奖大师儿童作品经典）
ISBN 978-7-5711-1829-7

Ⅰ．①蜜… Ⅱ．①阿… ②奉… Ⅲ．①童话－法国－
近代 Ⅳ．① I565.88
中国国家版本馆 CIP 数据核字（2023）第 127702 号

诺贝尔文学奖获奖大师儿童作品经典

蜜蜂公主
MIFENG GONGZHU

〔法〕阿纳托尔·法朗士　著　　奉一默　译

出 版 人　汪林中
选题策划　智趣文化
责任编辑　王冰
责任校对　牛志远
美术编辑　王晶晶
封面设计　曹柏光

出版发行　大象出版社（郑州市郑东新区祥盛街 27 号　邮政编码 450016）
　　　　　发行科 0371-63863551　　总编室 0371-65597936
网　　址　www.daxiang.cn
印　　刷　洛阳和众印刷有限公司
经　　销　全国新华书店
开　　本　880 mm×1230 mm　1/32
印　　张　3.75
版　　次　2023 年 10 月第 1 版　2023 年 10 月第 1 次印刷
定　　价　26.00 元
若发现印、装质量问题，影响阅读，请与承印厂联系调换。
印厂地址　洛阳市高新区丰华路三号
邮政编码　471003　　　　　电话　0379-64606268

目录

第一章
白玫瑰的警告

　　她的头上戴着一顶嵌满珍珠的风帽，腰间缠绕着象征寡妇的腰带——这位白摩尔伯爵夫人走进教堂为丈夫的亡灵祈祷，这是她每天都要做的事情。她的丈夫在一场单兵作战的搏斗中被一个体型巨大的爱尔兰人杀害了。

　　这一天的祈祷中途，她看见坐垫上有一朵白玫瑰，瞬间脸色煞白，眼神也变得暗淡无光。她猛地拍打着后脑勺，拧着双手，显得十分紧张。她知道，当一个白摩尔伯爵夫人的凳子上出现白玫瑰时，便意味着死神将至。

　　一想到自己将不久于人世，过往的岁月悉数浮现在眼前。在这短暂的人世之旅中，她经历了一个少女到一个妻子、一位母亲和一个寡妇的蜕变。她回到住所，睡着的儿子乔治，此刻正被几个女仆看护着。乔治三岁了，长长的睫毛在脸颊上投射出漂亮的影子，小嘴儿像花儿一般娇嫩。他才这么点儿大啊，他还这么年幼啊……想到这些，伯爵夫人不禁哭了起来。

"我的孩子啊，"她用微弱的声音诉说道，"我亲爱的孩子啊，你不会知道我的存在，而我也再不能从你那甜美的双眸中看见我自己。自你出生以来，我就亲自哺育着你、照料着你，担负起一个母亲的职责。为此，我拒绝了多少优秀骑士的求婚，都是因为你啊！"

说完，她亲吻着一个小盒子，那是一个特别的吊坠，里面放着她的照片和头发。她将吊坠用链子穿起来，细心地环系在小男孩的脖颈上，随后一滴慈母之泪滑落在小男孩的面颊上。小男孩开始在摇篮里扭来扭去，并用小手揉了揉眼睛。伯爵夫人狠心扭头离开了房间，那是即将如黎明破晓般闪耀光辉的可爱明眸，而自己这垂死无光的双眼如何去迎接啊？

她备好马鞍，带着一个名叫弗里哈特的护卫一起骑马前往克拉里斯城堡。

见到挚友前来，克拉里斯公爵夫人一边亲吻着白摩尔伯爵夫人，一边问道："是什么好事儿把你给带来了？"

"恰恰相反，把我带来的是一个糟糕透顶的消息。

听着，亲爱的朋友，我们在同一时间先后步入婚姻殿堂，又都因为相似的不幸而失去了丈夫，成了寡妇。在这个崇尚骑士精神的时代里，唯有修道士可以活得长久。在你成为一个母亲的时候，我已经先你两年担负起了这一职责。你的女儿蜜蜂就像白昼一样美丽，而我的儿子乔治也让人无可挑剔。我们两人情意相投，互相友爱，因此有一件事情我必须得告诉你，我在我的坐垫上发现了白玫瑰，没错，我就要死了，因此我要把我的儿子托付给你，他是我最放心不下的牵挂。"

公爵夫人深知白玫瑰对于白摩尔庄园的贵妇们意味着什么，她不禁哭了起来，并在泪眼婆娑中承诺一定会将乔治和蜜蜂视为亲兄妹一般养育，任何东西都每人一半。说完，两位夫人相拥而泣。接着，她们又一起去看望了摇篮里的蜜蜂，她正在仿若天空一样的蓝色帘幕下熟睡。小蜜蜂闭着眼睛动了动胳膊，当她伸展开小手，竟有五束小小的粉色霞光从袖口渗透出来。

"乔治会保护她的。"伯爵夫人说。

"她会爱上他。"公爵夫人说。

"她会爱上他。"一个细微的声音重复道。

公爵夫人认出那是常年居住在炉石下的小精灵。

回到自己的庄园后，白摩尔伯爵夫人将她所有的珠宝都分给了侍女和随从，然后为自己涂抹了芳香的精油，穿上最漂亮的衣服，以最荣耀的方式迎接死神的宣判。最终，她静静地躺在床榻上告别了人世。

第二章
青梅竹马的蜜蜂和乔治

大部分女人要么只有美丽的容貌，要么只有高尚的德行，但克拉里斯的公爵夫人却是才貌双全，她的德行与她的容貌一样美好，以至于众多王孙贵族仅仅是看一眼她的画像，就想要娶她。对此，这位女士的统一回复是：

"我的灵魂只有一个，因此绝不会再付出给任何人。"

然而，在穿了五年丧服后，她还是将那些冗长的面纱和黑色的衣服都收了起来。因为她不想让周围的人太过沮丧，或是因为自己而压抑他们的笑容，同时也为了让自己幸福地享受当下的生活。她所拥有的公爵领地里既有大片的耕地，也有许多被欧石楠覆盖的荒野，还有供渔夫捕捞的湖泊，其中一些湖泊有着神奇的魔力。除此之外，还有人迹罕至的险峻山峦，山下是矮人居住的王国。

公爵夫人管理克拉里斯内阁政务，都是听从一位从君士坦丁堡逃来的老修道士的忠告和建议。这个修道士并不太信任人类的智慧，他曾亲眼见证了人类的残忍粗暴和背信弃义。他在一座塔里闭关修行，终日与鸟儿和书籍相伴，同时履行着身为谋士的职责，只遵照极少的一点道义原则行事。他的执政信条是："切勿让那些老教条死灰复燃；也不要因为害怕叛乱就轻易依从于民众的意愿，而是要尽可能缓慢地妥协于民众的意愿，因为当一项改革被满足的时候，他们便会得寸进尺，立马要求另一项。太快做出让步或是坚决不肯顺应民意，都会带来麻烦。"

公爵夫人对政治一窍不通，全权交由老修道士按照他的想法去做。她总是怀揣慈悲之心，但也不可能喜欢所有的人，因此对于那些不幸变得邪恶糟糕的人，她感到十分遗憾痛惜。她尽可能地帮助那些不幸的人，去探望病患、慰问遗孀、供养孤儿。

她在教养自己的女儿蜜蜂这件事情上极具智慧，她只教导女儿以行善为最大的快乐，而对于女儿其他的想法与行为都能够包容与接纳。

这位和蔼的夫人也信守着对白摩尔伯爵夫人的承诺，扮演着乔治母亲的角色，对其一视同仁。蜜蜂和乔治一起长大了，乔治小小年纪便已发现蜜蜂跟自己很合得来。当他们还是孩童的时候，一天，乔治找到蜜蜂，问道：

"你要跟我玩儿吗？"

"要啊。"蜜蜂回答。

"我们去找些沙子来做沙子馅儿饼吧！"乔治提议。

于是，他俩开始做了起来，可蜜蜂总是做不好自己那一份。乔治一着急，竟然用铁锹打到了她的手指。蜜蜂发出一声刺耳的尖叫，正在花园里散步的护卫弗里哈特见状，对小主人说："阁下，作为白摩尔的伯爵去伤害一位年轻的女士，这种行为可真丢脸，丝毫不值得人尊敬。"

听到这样的话，乔治的第一个念头便是用铁锹刺穿这个护卫的身体，不过此"壮举"对于彼时的他而言太过艰难，或者说根本就做不到。他索性放弃这个念头，转而使出更容易实现的应对招数——扭头将鼻子撞在粗壮的树干上，痛哭流涕。

与此同时，蜜蜂也用小手使劲地揉眼睛，可就是揉不出泪水来，绝望中，她也将鼻子撞在旁边的一根大树干上。

夜幕降临，乔治和蜜蜂仍旧在各自的树干上流着眼泪，直到公爵夫人一手牵着一个把他们接回城堡中。他俩哭红了眼睛，哭红了鼻头，脸颊也被泪水冲洗得闪闪发亮，那可怜的呜咽和抽泣简直让人心碎。他们胃口极好地享用了晚餐，上了床。可就在蜡烛被熄灭的一瞬间，他们就像两只精灵一般，从各自的被窝里窜了出来，欢笑叫嚷着亲吻彼此。

克拉里斯的蜜蜂和白摩尔的乔治之间的感情就此开始萌发了。

第三章
一般的教育和乔治的教育

乔治与蜜蜂为伴，在城堡里长大。他称蜜蜂为妹妹，以此方式来呵护他们的情谊，尽管他知道事实上他们并不是真正的兄妹。

公爵夫人聘请了不同的老师分别教乔治击剑、骑马、游泳、体操、舞蹈、狩猎、驯鹰、网球等技能，除了常见的艺术科目，还为他聘请了一位书法老师，那是一个看似谦卑实则傲慢的老牧师，负责教授他各种风格的书法字体。可是乔治觉得字越是写得漂亮，就越是难认。无论是老牧师的书法课，还是用那些野蛮术语教授语法规则的老修道士的课，乔治都无法从中体会到一点乐趣，自然也毫无收获。他想不通自己为什么要不厌其烦地学习一种他原本就会说会用的语言，那明明就是他的母语嘛。

乔治唯一喜欢的是他的护卫弗里哈特。弗里哈特曾经到世界各地去探险，既了解人类的风俗，也通晓野兽的习性。他可以描述各个国家的地理风情，也创作了许多诗歌，只是他并不知道如何把它们写下来。不过，他才是唯一能教给乔治一些东西的老师，因为只有他才是真心喜爱乔治的人。对所述之事充满热情、对所听之人满怀真爱的课堂，无疑是最棒的课堂。而那两个教书法和教语言的老学究，长期以来都痛恨彼此，倒是在对待老护卫的态度上难得一致，他们都总盯着弗里哈特爱喝酒的习惯不放。

　　的确，弗里哈特太沉溺于一个叫作"锡壶"的小酒馆儿，在那儿，他将一切都抛诸脑后，创作着自己的诗歌。如此看来，他确实是犯了大错。荷马的诗歌远胜过他，可荷马只喝泉水就能创作。至于烦恼嘛，人人都有，但不见得都得靠喝酒来排解，通过带给他人欢乐来愉悦自己，便可将烦恼抹去。但弗里哈特是一个在多场战役中出生入死的老仆，为人忠诚可靠，值得称颂。可两位老学究不但没有帮着淡化他的小小缺点，还添油加醋地在公爵夫人面前恶意告状。

　　"弗里哈特简直就是个酒鬼，"书法老师说，"他每次从酒馆儿出来，都歪歪斜斜地在大路上走出'S'形。夫人，我猜那多半是这个笨蛋这一辈子'写'得最标准的字母了！"

语法老师继续补充道："他一边踉踉跄跄地走着路，一边还吟唱着那些离经叛道的诗歌，而且毫无格式章法。亲爱的夫人，这家伙根本就不懂得一丁点儿语法逻辑！"

公爵夫人自然是不喜欢这种在背后打小报告的卑鄙行径，我们大部分人遇到这种情况都是这样的。起初她也对两位老学究的控告不予理会，可架不住他们反复游说，最终还是听信了谗言，决定开除弗里哈特。不过，为了让他的放逐看起来更体面些，公爵夫人把他发配到了罗马，那里是圣殿所在，愿他得到教皇的祝福。但真正让弗里哈特的发配之旅变得那样漫长却另有原因，要知道，从克拉里斯去往罗马的路上酒馆遍布，常有诗人和音乐家出入。在接下来的故事中我们将看到公爵夫人要为这个决定感到后悔，因为她让两个孩子失去了最值得信赖的保护者。

第四章
在修道院遇到一个老妇人

　　复活节之后的第一个礼拜天早上，公爵夫人骑着一匹红棕色大马走出了城堡。乔治骑着一匹额头上有星星的乌黑马驹，跟在公爵夫人的左边。蜜蜂则跟在另一边，用一根粉粉的缰绳驾驭着她的奶油色小马驹。手持长矛的卫兵们护送他们一行赶往修道院做弥撒。一路上都有人们的倾慕和赞叹相随。他们三个实在是太漂亮了！公爵夫人戴着缀有银色亮花的面纱，身穿一件宽大的斗篷，显得既庄严又甜美。头饰上的珍珠散发出柔和的光辉，映照着这位可人儿的脸颊和心灵。再来看看乔治吧，他长着一头卷曲的头发和一双明亮的眼睛，看上去真是俊俏极了！骑行在另一侧的蜜蜂，有着清澈温柔的面庞，让人赏心悦目，没有什么比她那一头柔顺流动的金发更美妙的了，它们被一根绣着三朵美丽百合花的丝带绑着，像一件华丽的披风似的从蜜蜂的肩膀上流泻而下，充满了朝气。善良的人们看到她，都忍不住纷纷赞美："多么可爱的年轻姑娘啊！"

老裁缝约翰把小孙子彼得高高举起，好让他看到蜜蜂公主的容颜。彼得发出了稚嫩而真诚的疑问：这位公主究竟是有生命的真人，还是一具蜡像啊？如此白皙娇嫩的公主竟然和自己同属于一个物种，这让小彼得百思不得其解。再瞧瞧他自个儿，胖乎乎的身材，被晒得黝黑的脸蛋儿，还有那土里土气、背后带点花边的乡下罩衫。

公爵夫人怀着仁爱慈善之心接受了人们赋予他们的所有致敬和赞美，而面对这许多仰慕的声音，两个孩子都露出了骄傲和自豪的神情，乔治红光满面，蜜蜂也笑脸盈盈。因此，公爵夫人循循善诱地问道：

"这些善良的人如此尊敬爱戴我们，知道是为什么吗，乔治？你知道吗，蜜蜂？"

"因为他们都是好人。"蜜蜂回答。

"那是他们应当履行的义务。"乔治说。

"他们为何要履行这样的义务呢？"夫人问。见孩子们都默不作声，夫人继续说道：

"让我来告诉你们吧。从父及子，在超过三百年的岁月长河中，长眠于此的克拉里斯公爵们都以长矛保佑着这些贫苦的百姓，让他们在播种之后获得收成。同样地，在超过三百年的时间里，每一位公爵夫人也都尽心呵护着她的臣民，亲自为他们纺纱，探望病患，为他们的孩子受洗。亲爱的孩子们，这就是为什么你们今日可以得到这么多的爱戴。"

乔治心想："哦，我也要保护那些辛苦劳作的农夫。"

蜜蜂暗自思忖："嗯，我也要为穷人们纺纱。"

就这样，他们一边交谈和思索着，一边穿过开满鲜花的牧场。那层层叠叠的山峦像锯齿一样沿着地平线一字排开，乔治伸出手臂指向东方，说："瞧啊，那是不是一个巨大的钢铁盾牌？"

"确切地说，它更像是一个和月亮一样大的银扣。"蜜蜂说。

"孩子们，它既不是盾牌，也不是银扣，"公爵夫人解释道，"它是一个在阳光下闪闪发光的湖泊。远远看去，那湖水就像一面光滑的镜子，波澜不惊。湖岸看上去就像是被切出来的一样干净利索，但其实上面覆盖着许多芦苇，看，那轻盈的芦絮还在迎风摇曳呢。还有很多鸢尾，它的花朵看上去像是人的眼睛掩映在苍白的刀剑之间。每天清晨，湖面上都笼罩着一层淡淡的白雾，到了正午时分，湖面又像是穿上了一件盔甲一样熠熠发光。你们可千万别被它吸引过去，千万不要靠近！因为那里住着精灵，他们惯用此伎俩吸引人们掉进他们的水晶宫里去。"

他们正说着，耳边传来了修道院的钟声。

"下马吧，"公爵夫人说，"让我们走着去教堂吧。东方的智者们在临近天主的时候可不会骑着大象或是骆驼。"

当他们做完弥撒走出教堂时，一个衣衫褴褛的老妇人跪在公爵夫人跟前，献上一捧圣水，虔诚地说："我善良仁慈的夫人，请喝一口吧。"

一旁的乔治大吃一惊，只听公爵夫人说道："你们得明白，我们必须把穷人当作耶稣的宠儿去尊重他们。正是一个像眼前这位妇人一样的乞丐和黑石公爵一同将你抱上受洗台的。同样，你的妹妹蜜蜂也有一位乞丐教父。"

这个老妇人仿佛猜到了乔治心中所想，便朝他斜过身来，眯着眼睛嘲讽道："亲爱的王子，我衷心地期盼您可以去征战收复我失去的国土。曾经的我可是珍珠岛和金山的女王，每天的餐桌上就有十四种不同的鱼，出门时还有专门的仆人给我提裙摆。"

"哦，善良的夫人，请问您究竟遭遇了怎样的厄运，才使您失去了您的岛屿和山峦？"公爵夫人问。

"因为我得罪了小矮人，他们把我从我的地盘上赶了出来。"

"小矮人的力量有那么大吗？"乔治迫不及待地抢话。

"他们住在地底下，"老妇人接着说，"他们懂得各种石头的优点，会铸造金属，还能找到泉水。"

公爵夫人："那您是怎么惹恼了他们呢，善良的夫人？"

老妇人："十二月的一个晚上，一个小矮人来到我的城堡，请求我允许他们借用城堡里的厨房举行一场盛大的新年晚宴。要知道，我那个厨房可比一座大礼堂还要大，所有的用具应有尽有。像什么炖锅、保鲜锅和煎锅，还有水锅、平底锅、蒸汽锅、烤炉、烤架、搅碎器、沥水锅、肉筛子、鱼壶、糕点模具、罐子等等。还有金银制的高脚杯和木纹的高脚杯，更不用说工艺精湛的铁质烤肉架和挂在钩子上的巨大黑色水壶了。他向我保证不会弄丢任何东西，也不会损坏它们。但我依旧拒绝了他的请求，他嘟囔了几句威胁的话便离开了。三天之后，也就是圣诞夜，先前来过的那个小矮人窜到了我的卧室，伙同其他人一起把我拽下床，将穿着睡衣的我带到了一个不知是哪里的地方。'喏，'他们临走时对我说，'这就是对你们这些富人的惩罚，你们不愿意与我们这些勤劳且彬彬有礼的小矮人分享财富，但正是我们铸造了黄金，并辛勤地使泉水得以流淌。'"

没了牙的老妇人就这样不停地唠叨着，公爵夫人安慰了她几句后，打发了些钱币，然后就带着两个孩子返回城堡了。

第五章
在克拉里斯城堡远眺

在那之后不久的一天，蜜蜂和乔治趁大家不备，悄悄爬上了城堡中间那栋主楼的阶梯。到了屋顶的平台后，他们大声地击掌欢呼。从这里看出去，山坡上黄一块、绿一块的，到处都是庄稼，还可以看到远处地平线上蓝色天空映衬下的森林和群山。

"妹妹，"乔治说，"妹妹，看啊，这就是整个世界！"

"真是个大大的世界啊！"蜜蜂说。

"我的老师曾经讲过关于世界很大的事儿，但正如咱们的家庭教师格特鲁德所言，要眼见为实。"

乔治说完，和妹妹一起绕着平台散起步来。

真的呢，天际线环绕着两个孩子，像是以城堡主楼为中心画了一个大大的圆。

"哥哥，有个不可思议的事儿，"蜜蜂说，"咱们的城堡在地球的中心，那我们呢？是谁站在城堡中央的主楼上？此时此刻，是谁屹立在世界的中心？哈哈哈。"

蜜蜂和乔治都陷入了沉思。

"世界如此之大，真是太遗憾了！"蜜蜂伤感地说，"你说不定就会迷失其中，从此与友人分离。"

乔治耸耸肩，说道："世界这么大，真是太棒了！你可以在这大千世界里任意探险。蜜蜂妹妹，等我长大了，我要去征服世界尽头的蓝色山脉，那里是月亮升起的地方，我要追上月亮，把它摘下来献给你，我亲爱的蜜蜂。"

"那样的话，"蜜蜂说，"等你把月亮送给我，我就把它别在我的头发上。"

说完，他俩开始搜寻他们所知道的那些地方，仿佛置身于一张大地图上。

"我知道我们在哪儿，"蜜蜂说（其实她什么也不懂），"可我猜不出那些散落在小山旁边的方块儿石头是什么。"

"是房屋！"乔治回答，"那些都是房屋！难道你看不出来吗？妹妹，克拉里斯公国的首都可是一个大城镇，它有三条街道，其中一条是用砖石铺砌的。上个礼拜我们才穿过那条街去了修道院，你想起来了吗？"

"哦，还有一条弯弯曲曲的小溪对不对？"

"那是河，你瞧，那座老石桥还横跨在那儿呢。"

"我们是不是还在桥下钓过龙虾？"

"就是那儿，在凹陷处还有一个无头女人的雕像，不过你现在从这儿看不见她，因为她太小了。"

"嗯，我记得那个，她为什么没有脑袋呢？"

"或许是她自己搞丢了吧。"

不论这样的解释是否令人满意，蜜蜂的目光都始终看向远方。

"哥哥，哥哥，你看到在蓝色高山附近发出的光了吗？是那个湖。"

"对，就是那个湖！"

这会儿他们都想起了公爵夫人告诉过他们的那个美丽而危险的湖，里面住着各种小精灵。

"我们去那儿看看吧。"蜜蜂提议。

这个决定太突然了，乔治有点措手不及，短暂的停顿之后，他说："公爵夫人不允许我们单独出门，再说了，我们要怎样才能到那个湖呢？那可是世界的尽头啊。"

"说真的，我也不知道怎样才能到，但你应该去看看，你可是一个男人哦，而且还有语法老师。"

乔治显然被刺激到了，他回答道，即便是一个男人，甚至是一个了不起的男人，也不可能认识世界上所有的路。蜜蜂投给他一个含蓄又鄙夷的眼神，使得乔治涨红了脸颊，一直红到了耳朵根儿。接着，蜜蜂一本正经地说："是谁说要征服蓝色山脉，是谁说要去摘月亮，可不是我哦！我也不认识去湖边的路，但我一定能找到，你等着瞧吧！"

"哈哈哈！"乔治装出大笑的样子。

"先生，你笑起来就像个呆子。"

"蜜蜂小姐，呆子既不会笑也不会哭。"

"如果他们真笑起来的话，就会是你现在这个傻样子。我要自己去湖边了，要是我消失在精灵的水晶宫殿里，你就像个听话的小姑娘一样在城堡里继续享受吧。我的挂毯架子和布娃娃都留给你，请你好好照顾它们。

乔治，请你好好照顾它们哟。"

　　乔治的自尊心很强，蜜蜂的话使他感到受到了羞辱，于是他低着头，用一种低沉而不容置疑的声音大声说道："好！我们去那个湖！"

第六章
蜜蜂和乔治一起去湖边

第二天吃过午餐，等公爵夫人回到房间后，乔治一把拽过蜜蜂的胳膊，轻声说："跟我来。"

"去哪儿？"

"嘘！"

他们一路跑下楼梯，穿过庭院，当走出大门的时候，蜜蜂又问了一次他们要去哪儿。

"去湖边。"乔治坚定地说。

这回轮到蜜蜂公主惊呆了，她张大嘴巴说不出话来。穿着缎子拖鞋走那么远的路真的明智吗？要知道，蜜蜂公主的拖鞋可是用绸缎做的。

"我们必须要去，不用管什么明智不明智。"

这就是乔治给出的骄傲的回答。昨天蜜蜂还在蔑视他，使他羞愧，而今天，她却装作一脸的不可思议。这回轮到乔治拿布娃娃来回敬蜜蜂了。女孩子们总是喜欢说一些刺激男孩子们去冒险的话，然后论真格的时候又退缩了，这可不是什么光彩的行为。现在不管蜜蜂是不是要留下来，乔治都一定要上路了。

蜜蜂挽住乔治的胳膊，却被他一把推开了，于是蜜蜂索性猛地搂住了哥哥的脖子。

"哥哥，"她带着哭腔说，"我还是跟你一起走吧。"

她的悔意是那样真诚，这让乔治很感动。

"来吧，"乔治说，"但我们不能从镇上走，那样会被发现的。我们最好沿着城墙根儿，抄近道走到大路上去。"

他俩就这样手牵着手出发了，一路上乔治把自己拟订的计划和盘托出，说给蜜蜂听。

"我们先顺着大路往修道院的方向走，肯定能像上次一样看到那个湖。然后我们就走'蜜蜂路线'穿过田野直奔目的地。"

"蜜蜂路线"是在乡村对于走直线的一种美好的叫法，正好咱们这位小公主——这会儿看起来更像小女仆——的名字也是蜜蜂，所以这个巧合惹得两个小伙伴大笑起来。

蜜蜂一路不停地采摘着水渠边的野花，锦葵啦、毛蕊花啦、紫菀和牛眼菊啦，通通扎成好看的花束。可这些美丽的花朵在她的小手上明显地开始枯萎，当她走过石桥的时候，花朵们已经变得可怜巴巴了。蜜蜂不知道该拿它们怎样才好，开始她是想着把这些花扔到水里，好让它们再活过来，可忽然又改变了主意，她更愿意把它们送给那个"没有脑袋的石头女人"。

她请乔治用手臂把自己举得足够高，然后将这束乡间野花放在了那个古老石像交叠着的双手中。走出一段距离后，她回头看了一眼，正好看见一只鸽子停在石头女人的肩膀上。

他们又走了许久，蜜蜂说："我渴了。"

"我也是，"乔治说，"但是我们已经离河流很远了，附近既没看到小溪，也没看到山泉。"

"太阳火辣辣的，肯定把各处的水都给晒干了，我们该怎么办啊？"

当一个挎着一篮子水果的乡下女人出现在他们面前时，他俩还在聊着天、发着牢骚。

"樱桃！"乔治惊喜地喊起来，"哦，可是我身无分文，什么东西也买不了。"

"我有钱。"关键时刻，蜜蜂从她的钱袋子里倒出了五枚金币，她问那个乡下女人："好心的夫人，您能卖给我们一些樱桃吗？能把我的裙子装满就行。"

她一边说，一边用两只手牵起裙边去接，乡下女人捧了满满的两三捧樱桃放进她的裙子里。蜜蜂改用一只手把樱桃兜住，腾出另一只手取了一枚金币递给那个女人，客气地问道："这些钱够了吗？"

乡下女人快速地抓过金币，生怕它飞了似的。她清楚地知道，何止这一篮子樱桃，连同长出这些樱桃的樱桃树，以及种植樱桃树的果园，都抵不过这一枚金币的价值。不过她还是装模作样地回答道："足够了，谢谢您，亲爱的小公主。"

"那么，请您再捧一些在我哥哥的帽子里，"蜜蜂接着说，"我会再给您一枚金币。"

乡下女人顺从地照做之后继续赶路，一路上她都在想着刚刚得到的这两枚金币，她准备将它们藏在床垫下的旧袜子里。

两个孩子一边吃着樱桃一边赶路，还兴致勃勃地朝道路两旁扔樱桃核玩儿。乔治找出两颗一般大小的樱桃，用草茎穿成耳环给蜜蜂戴上，看着那鲜艳欲滴的红色小果子在妹妹的面颊旁晃来荡去，他不禁开心地笑了。

一块小鹅卵石打断了他们快乐的脚步，它卡在了蜜蜂的拖鞋里，蜜蜂不得不跛着脚走路，甚至单脚跳着走，每跳出去一步，她那金色的鬈发就会在脸庞边舞动一下。就这样，她一瘸一拐地找个地方坐了下来。乔治跪在她的脚边，帮她把缎面拖鞋脱下来抖了抖，一颗小小的白色鹅卵石滚落出来。

蜜蜂看着自己的双脚说："哥哥，下次再去湖边，咱们得穿上靴子。"

这会儿，太阳正从绚丽的天空中落下来，一阵清风拂过两位年轻探险者的脸颊和脖子，使他们感觉轻松了许多，他们就精神抖擞地继续上路了。为了节省力气，两人手拉着手并排唱着歌走，当看到地上挤在一起的两个黑影时，两人都笑了，他们唱道：

女仆玛丽安，

端庄又古板，

骑驴去磨坊，

放下玉米粒，

重新骑上驴。

吁……吁……

忽然，蜜蜂停止了唱歌，她着急地大喊道："我的拖鞋掉了！我的缎子拖鞋掉了！"

正如她所说，在她走路的时候，缎子拖鞋的丝扣松开了，此刻它正躺在布满尘土的道路上。

就这样回头望去的时候，蜜蜂看到了远处在薄雾中若隐若现的克拉里斯城堡，一阵悲痛迅即涌上心来，泪水也紧跟着充满了她的眼眶。

"我们会被狼吃掉的，"蜜蜂伤心地说，"妈妈再也见不到我们了，她会悲伤而死的。"

乔治捡回了她的拖鞋，安慰道："我们会回到克拉里斯的，等城堡里的晚餐铃声响起来的时候，我们就回去了。走吧，继续前进！"

就这样，他们又唱着歌儿出发了：

沾满白面的磨坊主，

神情紧绷很严肃，

直直站在磨坊下，

只听见他大声吼：

把驴牵到大树去，

捆上驴嘴莫再吁！

"湖！湖！蜜蜂快看，是那个湖！"

"是的，乔治，是那个湖！"

乔治高呼着万岁，把帽子抛向空中。蜜蜂到底是公主，举止都需端庄有礼，她可不能像乔治那样随意把头巾摘下来，但她脱掉了那只勉强穿在脚上的拖鞋，将它抛过了头顶，以此表达自己的喜悦。

湖就在山谷那里，四周的山坡环绕着银色的湖水，就像是一杯被鲜花和树叶环抱着的清茶，清澈又平静，河岸上的荒草在随风摇曳。可两个孩子无法从密密麻麻的灌木丛中找到一条路通往这个可爱的地方，正当他们四下搜寻时，一群大鹅啄上了他们的小腿，原来是一个身穿羊皮衣、手持长鞭的小女孩正赶着这群鹅路过。乔治询问该如何称呼她。

"吉尔。"女孩回答。

"好的，吉尔，请问你知道怎么去到那个湖边吗？"

"我不去。"

"为什么？"

"没有为什么。"

"假使你要去的话呢？"

"如果我真要去的话，就会有条路，我就走那条路呗。"

听了放鹅女孩的话，一时间乔治和蜜蜂都无言以对。

"那好吧，"乔治打破了沉默，"我们肯定能在林子里找到一条路的。"

"我们还可以顺便捡些坚果，"蜜蜂说，"然后就有坚果吃了，要知道，我早就饿了。下次再去湖边，我们一定要记得带上一大袋好吃的。"

　　乔治接过话："会的，妹妹，就按你说的办。我现在非常赞成弗里哈特的做法，当时他被发配去罗马的时候，带了一整个火腿和一大瓶水，真是太明智了。不过我们必须快点儿，因为天色看起来很晚了，尽管我并不知道确切的时间。"

　　"牧羊女都精通依靠太阳的位置来辨识钟点，"蜜蜂说，"虽然我不是牧羊女，但也能靠太阳得到一些信息。咱们出发时，太阳在我们的头顶，现在它在那边，远远地在那城镇和克拉里斯公国的后面。我真希望能弄明白是否每天都是这样，以及这意味着什么。"

　　就在他们观察太阳的时候，地面上忽然尘土飞扬，他们看见一群佩戴着闪亮盔甲的骑兵正向他们全速奔来。两个孩子吓坏了，赶紧躲进路边的灌木丛。他们心想，那肯定是强盗，或许根本就是食人魔，总之太可怕了。但事实上，这些全副武装的骑兵恰恰是克拉里斯公爵夫人派来寻找他们两个小探险家的。

　　两个小家伙在丛林中发现了一条狭窄的小路，他们没法再像先前那样手拉着手并排走了，这条路可不是为那些小情侣准备的。此外，路上还有许多小脚印，像是什么动物的蹄子留下的。

"这些是精灵的脚印吧？"蜜蜂说。

"也有可能是小鹿留下的。"乔治答。

这个问题尚待解决，不过可以肯定的是，这条路会把他们带到湖边。此刻，湖水正向他们展示着一种慵懒宁静的美。湖边柳树的枝条低垂在湖面上，芦苇像一把把柔软别致的剑，在水面上摇曳着它那纤细的羽毛，使湖面看起来起伏不平。在它们周围，睡莲也舒展开心形的叶片，中间点缀着雪白圣洁的花朵。而在那鲜花盛开的小岛上，成群结队的蜻蜓喧闹着、飞舞着，它们都有着祖母绿或宝石蓝的胸铠，搭配上火红的翅膀，在晚霞中熠熠发光。

两个小探险家经过长途跋涉，已经疲惫不堪，小脚丫早就被磨得滚烫，现在终于可以把它们踩进湿润的沙砾中。一旁的百里香茂盛得紧，香蒲草长出了长长的尖刺。鸢尾花从低矮的茎秆上散发出阵阵清香，湖岸上遍布紫色的小花儿，车前草也伸出花秆儿首尾相连地环绕整个湖泊。蜜蜂和乔治尽情享受着这份美妙别致的乐趣。

第七章
乔治遇到精灵

蜜蜂顺着两排柳树中间的沙砾向前走去，一只白肚皮的绿色青蛙蹿到她前面，纵身一跃跳进湖里，在水面上激起了一圈又一圈的涟漪，涟漪逐渐扩大荡远，直至消失不见。一切都是那样宁静而祥和，清新的晚风吹过清澈的湖面，每一朵浪花仿佛都是一张亲切的笑脸。

"这个湖太可爱了，"蜜蜂说，"但是我的拖鞋磨破了，脚都出血了，而且我好饿啊，真希望我还待在城堡里没有出来。"

"妹妹，在草地上坐下吧。"乔治体贴地说，"我马上就采些树叶帮你包扎一下脚，好让它们降降温。然后我再去找些食物来给你当晚餐。我看到在大路那边有长着浆果的黑色荆棘，我会把最大最甜的摘下来放在帽子里给你带回来。把你的手帕也给我吧，我可以用它来装满草莓，我看到路边的树荫下有不少呢。另外我的口袋里还能装些坚果。"

他在湖边的柳树下为蜜蜂铺了张苔藓床，然后便离开了。

蜜蜂双手交叉在苔藓床上躺了下来，她看见暗淡的天幕上开始泛起闪烁的星光，就在她困倦得半闭起眼睛时，恍惚间她好像看到一个矮人骑在乌鸦的背上掠过。这可不是幻觉，矮人把缰绳拉进黑乌鸦的嘴里，停在了这个小女孩的上方，用他那圆溜溜的眼睛盯着她看了又看。不一会儿，矮人猛踢坐骑，展翅飞走了。蜜蜂迷迷糊糊地看着这一切，不知不觉睡着了。

直到乔治满载而归，蜜蜂都还沉沉地睡着呢。乔治放下食物，在湖边上坐下来，静静地等待蜜蜂醒来。大树将数不尽的枝叶伸向湖面上空，像精美绝伦的冠冕一般，湖水就在这别致的冠冕下沉睡，水面上还笼罩着一层薄雾。突然，一轮明月从树缝间探出头来，湖面上立刻布满了星星点点的亮光。

乔治清楚地看到那些亮光并不都是月亮映射在水里的斑驳倒影，因为他注意到其中有一片蓝色的火焰一边旋转一边移动着，忽而升起，忽而落下，像跳着舞一样，越来越近。这下子，乔治可算看清了，那些蓝色的火焰居然是在一个个白净的额头上跳跃舞动，天哪，是一群女人的额头！很快，那些女人美丽的面庞浮出了水面，她们的头上戴着贝壳和水草做成的花冠，蓝色的长发从肩膀垂下来，胸前被数不胜数的珍珠装饰得流光溢彩。在面纱的掩映下，她们从波浪间缓缓升起。等乔治认出来她们就是精灵的时候，他恨不得立刻飞身逃跑，可精灵那苍白又冰冷的长手臂已经抓住了他，任凭他如何奋力挣扎，如何尖声叫喊，都无济于事。他只能任凭精灵抓着，被带到了一座用水晶石和斑岩修建的宫殿里。

第八章
蜜蜂被带到了矮人国

月亮高高地悬挂在湖面上，投下点点破碎的光影。蜜蜂还在熟睡。先前发现她的那个矮人又骑着乌鸦回来了，这一次他还带来了一大群矮人伙伴。他们全都非常矮小，拖着及膝的长胡须。他们的身形虽然同小孩子差不多，却有着成熟而衰老的面庞。从他们穿的皮围裙和腰间别着的大锤子来看，很明显，他们是铸造金属的矮人。他们总是先跳得高高的，再翻一个漂亮的大跟头，用这样特别的方式让自己移动前进。这种令人难以置信的灵活性使他们看起来不太像人，而更像轻盈的精灵。但在做着这些近似疯狂的滑稽之举时，他们却始终保持着一脸严肃，因此没有人能轻易辨识出他们的真正性格。

最终，他们站成了一个圆圈，将这位美丽的沉睡者围在中间。

最小的矮人从他的坐骑上高高跳下，说道："看吧，我没有骗你们吧？我提醒过你们的，世界上最漂亮、最可爱的小公主在湖边睡觉呢。你们难道不该好好感谢我吗？感谢我带你们一起来欣赏。"

"感谢你，感谢你，鲍勃，我们都感谢你。"一个看上去像诗人一样的矮人回答道，"真的，世界上没有什么比这姑娘更漂亮了。她的肤色比山间升起的朝霞还要红润，我们铁匠铺的金子也没有她的头发那么光彩夺目。"

"是真的，匹克，绝对千真万确！"其他的矮人也一致附和。但新的问题又来了，他们问道："我们需要为这位可爱的姑娘做些什么呢？"

一个叫鲁格的矮人说："咱们一起修一个大笼子把她关起来吧。"

另一个叫迪格的矮人马上反对这一提议。他解释说，只有野兽才会被关进笼子里，可截至目前都还没有任何迹象显示这位可爱的姑娘是野兽。

话虽如此，但鲁格认为自己的想法妙不可言，不愿放弃。此刻也没有谁再提出别的好主意来，于是他巧妙地为自己的想法辩护："虽然说她现在还不是野兽，但如果她被关进笼子里待些时日，肯定就会变成那样的。到时候笼子可就有用了，甚至是不可或缺的东西。"

这种说法让矮人们很是不快，其中一个叫泰德的矮人愤怒地谴责了鲁格。泰德是最善良的矮人，他提议把这个美丽的女孩送回她父母的身边，他猜想她的父母应该是颇有势力的王公贵族。

但这一观点由于并不符合矮人们一贯的规矩而遭到了大家的拒绝。

"正义应当占上风！"泰德坚定地说，"而不是规矩。"

可大家都不再听他说话，人群一度陷入混乱。这时，一向单纯朴素却又非常切合实际的矮人鲍尔给出了这样的建议："我们首先必须要做的是叫醒这个姑娘，你们看她一直都没有醒过来。如果她整夜都像这样睡着，明天早上她的双眼就该肿起来了，那时候她可就没这么漂亮啦。我们都知道，睡在湖边的树林里对身体可没有什么好处。"

大家纷纷赞同，因为这个提议没有直接反驳任何人。

　　匹克，就是那位看起来像是历尽苦难、饱经风霜的老诗人，第一个走近蜜蜂，他瞪大了眼睛严肃地盯着蜜蜂，好像要靠自己的眼神来让沉睡的人醒来。不过他好像高估了自己眼睛的能耐，蜜蜂依旧双手合在一起甜睡着。

　　见此情形，善良的泰德轻轻地拉了拉蜜蜂的衣袖。随后，蜜蜂睁开了眼睛，用胳膊肘撑着坐了起来，当看到自己竟在一片苔藓做的床榻上，又被一群矮人团团围住时，蜜蜂一时间还以为是在梦境中呢。她揉了揉眼睛又使劲睁开，想赶紧从梦中醒来，好让自己看到的不是眼前这奇异的景象，而是晨光照射下的她那蓝色的房间。是的，她还以为自己在城堡里呢，由于睡得太沉，她已经忘记了去湖边探险的事情。可是不管她怎样揉眼睛，矮人们还是站在那里，她便不得不相信这是真的了。她不安地环顾四周，看到了森林，于是白天的一切都被想了起来，她不禁痛苦地哭喊起来："乔治！乔治哥哥！"

　　她把脸埋进胳膊，害怕看到围观她的矮人们。

　　"乔治！乔治！我的乔治哥哥到哪儿去了？"她呜呜地哭着。

矮人们并不知道乔治是谁，因此没有人回答得了她。蜜蜂就一直哭，嘴里还喊着妈妈和哥哥。

鲍尔被感染得也想哭了，但又急切地想要安慰她，于是含糊不清地说了几句话："别太担心了，像你这样美丽的女士如果哭坏了眼睛，那该多么可惜啊。不如跟我们说说你的经历吧，那一定很有趣，我们非常愿意聆听。"

此刻的蜜蜂可听不进任何话，她站起来试图逃跑，但是她那双肿胀的脚丫疼得要命，她不得不跪倒在地，再一次放声大哭，似乎比刚刚还要悲伤几万倍。泰德用自己的胳膊把她搀了起来，鲍尔绅士地吻了吻她的小手，正是这些举动让蜜蜂暂时放下戒备，愿意鼓起勇气去看看这群矮人，这才发现其实所有的矮人都对她十分友善，特别是匹克，看上去是那样天真无邪，于是她说："小人儿们，真遗憾你们长得如此丑陋，但如果你们愿意给我一些食物的话，我还是会喜欢你们的，因为我实在是太饿了。"

"鲍勃！"所有矮人异口同声地命令道，"拿些晚餐来！"

　　鲍勃赶紧骑上他的乌鸦飞走了。虽然矮人们很痛快地帮忙取食物，但他们仍然认为这个小姑娘开口就说他们丑陋实在是有失公平。鲁格尤其生气，就连原本对她的美貌赞不绝口的匹克也不得不安慰自己说："她只是个孩子罢了，看不到我的容貌之下燃烧着熊熊的天才之火，更看不到因此带来的娴熟技艺和迷人风度。"鲍尔则愤愤地想："或许我们压根儿就不该叫醒这个认为我们丑陋的年轻女士。"只有泰德还能展露出笑容，他说："小姐，等你再多喜欢我们一点儿的时候，你就不会觉得我们很丑啦。"

　　说话间，鲍勃已经骑着他的乌鸦回来了，他带来了一只烤鹧鸪，用金色的盘子盛着，另外还有一片面包和一瓶红酒。他翻了无数个跟头，才将这一席丰盛的晚餐送到蜜蜂的脚边。

　　蜜蜂一边享用一边说："小人儿们，你们找来的晚餐真是太棒了。我叫蜜蜂，我们一起去找我的哥哥，再一起去克拉里斯公国吧，妈妈一定正着急地等着我们呢。"

　　但是迪格，就是那个反对做笼子的善良的矮人，竭力劝阻了蜜蜂的想法，因为她的脚暂时不能行走了。至于她的哥哥，他已经长大了，不会迷路的，在这个野兽已经被消灭殆尽的国度里，也不会有什么危险的事情发生。他还补充说："我们打算为你做一个担架，铺上舒适的树叶和苔藓，请你躺上去，然后我们抬着你进山，将你介绍给我们矮人国的国王，这是我们的风俗。"

所有矮人都对这个提议报以热烈的掌声，蜜蜂低头看看疼痛的双脚，一言不发。听说这里没有野兽出没她很高兴，而且她现在已经认为这些矮人是可以信赖的朋友了。

矮人们已经着手做起担架来，手持斧头的他们迅速砍下了两棵小松树的树干。鲁格旧事重提，又提到了之前那个主意，他说："要不，我们就做个笼子来代替担架？"

不过他遭到了大家的一致抗议，泰德轻蔑地看了他一眼，说道：

"鲁格，你更像是地面上的人而不是我们矮人。这可是我们种族的信誉问题。你得明白，最邪恶的人其实也是最愚蠢的人。"

说话间，他们手中的活计也没有停歇，只见他们灵活地跳来跳去，砍下高处的树枝，做出一张格子椅，在上面铺上了苔藓和干树叶。他们请蜜蜂坐在这张椅子上，然后所有矮人一齐抓稳那两根松树树干，起！连同椅子和蜜蜂，都被他们扛在了肩上，摇摇晃晃地走进山去。

第九章
矮人国的洛克王欢迎克拉里斯的蜜蜂

　　他们沿着一条蜿蜒曲折的小路上了山，路两边长满了树木。在矮橡树的灰色枝叶中，到处都能看到斑驳的花岗石块。周边还有许多赤褐色的小山丘和靛蓝色的沟壑，和眼前这粗犷的景象融为一体。

　　鲍勃骑着他的乌鸦坐骑，带领这支浩浩荡荡的队伍从一处荆棘丛生的石缝中走了进去。蜜蜂的金发散落在肩头，像黎明的曙光升起在山峦之上。假如这样的描述是真的，那黎明的曙光也会有害怕的时候，会呼唤妈妈，还会试图逃跑。因为当我们可怜的小公主看到所有的石缝中都埋伏着全副武装的矮人时，她就是这样想的。

　　矮人们手中握着弓和长矛，一动不动，他们身上穿着兽皮，腰间佩带着长刀，还有一些动物的皮毛随意堆放在脚边。虽然这种场面看上去有些严肃可怕，但就面相来说，矮人们并不凶恶，反而还很温和，就像湖边森林里遇到的那群矮人一样。是的，他们看起来确实很像。

在这群矮人中间，有一个人格外威严，他的耳朵上插着公鸡的羽毛，前额上戴着一个缀有大宝石的王冠。他的肩上披着斗篷，露出健壮的手臂，手上戴着一枚金戒指，腰带上还别着一个银饰的象牙号角。此刻，他正以一种安详而有力的姿态将左手倚靠在长矛上，用右手挡住眼睛上方，朝着蜜蜂的方向望过来。

"尊敬的洛克王，"森林里遇到的矮人们向他禀报，"我们发现了这个美丽的小姑娘，就给您带了回来。她的名字叫蜜蜂。"

"你们干得不错，"洛克王说，"她将和我们一起生活，因为这是我们矮人国的习俗。"

接着，他向蜜蜂走了过来，说道："蜜蜂，欢迎你！"

洛克王一看到蜜蜂就感觉很亲切，所以他说话的声音格外温柔，接下来他又踮起脚亲吻了蜜蜂垂下来的那只手，并一再向她保证，她在这里不仅不会受到任何伤害，还可以满足她所有的愿望，哪怕是项链、镜子、羊绒羊毛，以及来自中国的丝绸，都可以为她弄来。

"我现在就想要双鞋。"蜜蜂说。

洛克王用他手中的长矛敲了一下岩石墙上的铜锣，随着"唧"的一声，从山洞尽头跳出一个圆乎乎的东西，像个球一样向这边滚来。它越滚越大，直到变成一个小矮人。这个矮人的脸很特别，很容易让人想起杰出的贝里萨里乌斯将军的画像，但他的皮革围裙显示他只是一个制鞋匠。

事实上，他是一位制鞋匠主管。

"楚尔，"洛克王命令制鞋匠主管，"去选一些最柔软的皮革和金丝银线制成的布料，再找司库要一千颗深海珍珠，用软皮、绸缎还有珍珠，给这位蜜蜂小姐做一双最柔软最舒适的鞋。"

听到这话，这位叫作楚尔的制鞋匠主管立即扑倒在蜜蜂的脚边，仔细地测量尺寸。然而，蜜蜂却说："小洛克王，既然您已经答应了我，您就一定要将这双漂亮的鞋送给我。我一穿上鞋，就要回到克拉里斯去，回到我母亲的身边。"

"你一定会得到鞋的，蜜蜂，"洛克王回答说，"不过你将穿着它在山里面散步，而不是回到克拉里斯，因为你不能再离开我们的国土。在这里，你将了解到许多地面上的人不懂的东西，矮人可比人类更加优秀。所以说，你能被我们矮人发现是你的福气。"

"不！是为我的不幸！"蜜蜂反驳道，"小洛克王，给我一双农民穿的烂木鞋子吧，我要回我的克拉里斯。"

洛克王摇头表示那是不可能的，蜜蜂紧握双手，努力用最甜美的声音请求道："小洛克王，请让我走吧，那样的话，我会非常喜欢您的。"

"在阳光照耀的大地上，你只会忘记我。"

"小洛克王，我不会忘了您的，我会像爱风之气息一样爱您。"

"谁是风之气息？"

"我的奶油色小马，它有一条粉红色的缰绳。它还小的时候，我的护卫弗里哈特常常在清晨将它带到我的房间，我便会亲吻它。不过，如今弗里哈特远在罗马，风之气息也长大了，不是小马驹了。"

洛克王露出微笑，说："蜜蜂，你可以爱我胜过爱风之气息吗？"

"我可以的。"

"那很好。"

"我可以爱您多一点，但我不会那样去做，相反的，我会恨您。小洛克王，因为您不让我再见我的母亲和乔治。"

"谁是乔治？"

"乔治就是乔治，我喜欢的人。"

也不知怎么的，洛克王对蜜蜂的情谊瞬间迅速升温，甚至已经开始期盼着等她长到合适的年龄时跟她结婚，他希望通过她来实现人类和矮人的和解。他担心蜜蜂口中的乔治会在将来某天成为他的情敌，扰乱他的计划。这就是他为什么会皱着眉头走开的原因，他低垂着脑袋，显得忧心忡忡。

蜜蜂见自己惹恼了洛克王，便轻轻地拨了拨他的衣服下摆。

"小洛克王，"她用一种温柔而忧伤的声音说，"我们为什么要让彼此不开心呢？"

"蜜蜂，这是命运的错，"洛克王说，"我不能把你送回你母亲的身边，但我可以给她一个梦，让她知晓你的情况，并让她放心。"

"小洛克王，"蜜蜂含泪微笑着说，"这是个好主意，但我还要告诉您怎样做才好。请您每个晚上都给我的母亲送去一个梦吧，让她在梦中可以看到我，同时也每晚给我一个可以看见我母亲的梦。"

洛克王答应了蜜蜂，而且说到做到，从未食言。这样每个晚上蜜蜂都能见到她的母亲，公爵夫人也能见到她的女儿，使母女两人的思念之情稍稍得到了一点满足。

第十章
矮人国奇遇和蜜蜂得到的玩偶

矮人国深藏在大地之下，绵延万里。尽管只能透过石头缝隙才能见到天空，但那些开阔的广场、道路、宫殿，还有大厅，都是亮堂堂的，即便在最黑的夜里也不会被掩盖。总的说来，只有很少的几个房间和洞穴是黑黢黢的，除此之外的其他地方都很敞亮，不需要依靠灯光或火把，而凭着坠落荒野的行星和流星即可照明。那些星体会发出极其绚丽的光辉，照射出非常奇特的景象。在这个地下国度里，巨大的建筑物被开凿在岩石的表面，还有些宫殿被雕刻在花岗岩上，宫殿高高的拱顶在小行星发出的淡黄色光雾中时隐时现，那光比月亮的光还要微弱。

这片土地上有着众多庞大的堡垒要塞，圆形竞技场上的石阶被砌成了半圆形，一眼望不到边。还有许多硕大的水井，井壁上雕刻着精美的图案，没有任何一个铅锤能测到井底的深度。所有这些建筑物，明显不适合矮人国居民的身量，倒是与他们那荒诞有趣、新奇大胆的思维模式很贴合。

矮人们平时都穿着带兜帽的树叶披风，在这些建筑内外灵活自如地忙碌着，经常可以看到他们从两三层楼高的地方跳下来，落到熔岩路面上，又反弹起来像个球一样蹦跶。整个过程中他们的脸上一直保持着平静而庄严的表情，就如同雕刻家们创作的古代伟人头像。

这里没有好逸恶劳之徒，所有人都全身心投入到自己的工作中。四面八方都回荡着叮叮当当的声音，锤子榔头从不停歇，机器的轰鸣声也直冲房顶。数不胜数的矿工、铁匠、打金工、珠宝匠、钻石匠都像猴子一样灵巧地操作着手中的镐、锤子、钳子，还有锉刀。不过也有一个区域是比较平静的。

那里竖立着粗犷而高大的人像和各种怪异的石柱，石柱看上去很古老，排着奇怪的阵列，令人望而生畏。石柱间是一座矮小的宫殿，宫殿的门也很低，这就是洛克王的寝宫了。宫殿的对面就是蜜蜂的房子，与其说是房子，还不如说是小屋，因为里面只有一个房间。房间里挂着白色帘幔，陈设着散发出怡人香气的杉木家具。岩石上的一道缝隙让光线得以照进，蜜蜂可以从这里看到天空，在晴朗的夜晚还可以看到星星。

蜜蜂没有专属的仆人，但所有的矮人都争相为她服务，满足她的一切需求，努力为她实现所有的愿望——除了回到地面上。

那些最博学的、掌握着诸多奥秘的小矮人也非常乐意教她，他们教她不是通过书本，因为矮人们不会书写，而是通过向她展示山上和山谷中所有的植物、动物和地球深处的各种岩石矿物。正是通过这些实际的景象和生动的例子，他们以最淳朴和快乐的方式教给了蜜蜂如何领略大自然的神奇和艺术之美。

他们还为她制作了这世界上任何一个富家子弟都未曾拥有的玩具，因为这些矮人太聪明能干了，发明创造了许多妙不可言的机器。他们怀着深厚的情谊，将她的玩偶们改造得可以优雅地移动，还能按照诗歌的节奏和规则进行言语表达。在一个被精心布置的小剧场里，有代表海岸、蓝天、宫殿和寺庙的各种道具，玩偶们聚集在此，上演了一场出人意料的悲剧作品，虽然他们的身形比一个真人的胳膊长不了多少，但看上去跟真人完全一样，有的扮演和蔼可亲的老人，有的扮演强壮的年轻人，还有的扮演穿着白色长袍的可爱的小姑娘。他们当中还有双手环抱在胸前的母亲和她们那天真无邪的婴孩。这些能言善辩的玩偶娃娃在舞台上表演，仿佛完全沉浸在剧中的仇恨、爱或是野心当中。他们巧妙地从喜悦过渡到悲伤，模仿得自然、形象极了，就像真的在笑或哭。蜜蜂在观看表演时情不自禁地跟着拍手，那些饰演暴君的玩偶使她厌恶得发抖，同时，另一个曾经是公主现在成了寡妇和俘虏的玩偶又使她满怀怜悯。那个女孩头戴柏树枝做成的冠冕，为了拯救自己孩子的性命，她除了嫁给那个杀害了她丈夫的野蛮人之外别无他法。

蜜蜂对这样的玩偶游戏从不厌倦。除了戏剧演出，矮人们还为蜜蜂举办音乐会，教她弹奏琵琶、中提琴、小提琴、竖琴等各式各样的乐器。就这样，她成长为一名优秀的音乐家。洛克王也会出席这些戏剧演出和音乐会，但他的眼里只有蜜蜂，别的什么都看不到，什么都听不到。他的整个灵魂都逐渐被蜜蜂给吸引走了。

就这样，日复一日，年复一年，蜜蜂一直同矮人们生活在一起，尽管总能被朋友们逗乐，但她始终向往地面的生活，并对此心存遗憾。现在，她已经长得亭亭玉立，是一个年轻漂亮的女士了，独特的命运使她的脸上透出一种与众不同的感觉，也更增添了一份别样的魅力。

第十一章
洛克王的珍宝

不知不觉蜜蜂已经在矮人国住了六年。六年后的一天，洛克王召唤她来到自己的寝宫，命令掌管财务的司库当着蜜蜂的面搬开一块大石头。那块石头实际上是插在墙壁中的。

大石头被挪动后，露出了一个缺口，他们三个人一起穿过缺口往里走，是一处岩石的裂缝，由于里面太过狭窄，没法儿两三个人并排行走，于是洛克王走在前面，蜜蜂紧随其后，拽着披风的下摆小心迈步。他们一起行进了很长一段时间，有时候两边的岩壁靠得太近，蜜蜂甚至害怕自己会被卡在岩石之间动弹不得，最后死在那里。但她前面的洛克王一直在黑暗狭窄的小路上健步如飞。最后，洛克王在一扇青铜门前停了下来。当他打开这道门时，里面射出了一道光芒。

"小洛克王，"蜜蜂喊道，"在此之前，我从来没有觉得光是如此美好的东西！"

洛克王则抓着蜜蜂的手把她带进了大厅里，然后说道："看！"

蜜蜂第一眼看过去的时候，只觉得眼花缭乱，什么也没有看清。因为这座气派的大厅里竖立着一根根大理石柱，从地板到屋顶全是由黄金装饰而成，耀眼夺目。前方尽头处，有一个镶嵌着金银财宝的闪闪发光的高台，通往高台的台阶上铺着地毯，地毯上的花纹刺绣十分精美，工艺非凡。拾级而上，在高台上面是一个由黄金和象牙装饰的宝座，顶上还有用半透明的瓷釉做成的华盖。宝座两旁是两棵有着三千年树龄的棕榈树，它们被栽种在两个大型容器中，那两个容器也是很久很久以前由矮人国里最优秀的能工巧匠铸造雕刻而成的。洛克王坐上宝座，让年轻的蜜蜂站在他的右侧。

"蜜蜂，"他对她说，"这些都是我的财宝，你喜欢什么可以随便拿。"

此刻，巨大的金色盾牌挂在柱子上，正好挡住了阳光，并将它们反射回来，变成了如纷纷雪花般的细碎光点。利剑和长矛交叉悬挂在一起，熠熠生辉。许多桌子靠着墙边一字排开，上面摆满了珠光宝气的杯盘碗盏，有各种碗钵、酒壶、水罐、圣爵酒杯、酒瓶、铜杯、高脚杯、烧杯，还有镶着银环的象牙饮角、大水晶瓶、金银雕刻的盘子、金柜、教堂形状的圣物箱，以及镜子、烛台、小香炉等等。这些物品从材质到做工都精致无比，美轮美奂。还有好些庞然大物，那是落地的大香炉。在其中的一张桌子上，还陈列着一副用月光石打制的国际象棋。

"随便拿啊，蜜蜂。"洛克王又说。

但是蜜蜂的目光越过了这满屋琳琅看向上方，那里有一隅蓝天从屋顶的开口处映入眼帘。她仿佛已经懂得，唯有天空的光亮才能让这些金银财宝真正闪耀起来。于是她只说了一句："小洛克王，我想回到地面上。"

洛克王并不言语，而是给司库比了一个手势，司库便心领神会地掀开厚重的窗帘，露出一个被铁板封锁住的硕大的保险箱。保险箱被打开后，从里面流泻出成千上万道五彩缤纷的光束，让人为之着迷，而那每一道光的背后都是一块被精心切割好的宝石。洛克王把手伸进这些宝石中随意搅动，顿时，色彩缤纷的光芒混合在一起，四射而出。里面有紫水晶、维京石、深绿色的翡翠、琥珀色的翡翠、能带来好梦的蓝绿色的翡翠，还有来自东方的黄玉石、美如勇士鲜血的红宝石、深蓝色的蓝宝石以及浅蓝色的蓝宝石，其他还有诸如亚历山大石、红锆石、绿松石、猫眼石这样的宝石，它们发出的光比黎明的天色还要柔和，还有罕见的透明石、石榴石等等。所有的宝石都如清水般晶莹剔透，在这些炫目的色彩中，还能看到巨大的钻石所放射出的耀眼的白色光芒。

"蜜蜂，选吧。"洛克王说。

但是蜜蜂摇摇头说："小洛克王，比起这些珠宝，我更喜欢照射在克拉里斯城堡石板上的那束阳光。"

洛克王又打开了第二个箱子，里面装满了洁白而圆润的珍珠。它们不断变幻的光芒呈现出天空和大海的色彩，而且是那般柔和，似乎诉说着它们心中那暖暖的爱意。

"挑些吧。"洛克王仍不甘心。

但蜜蜂直截了当地回答说："小洛克王，这些珍珠让我想起了乔治的容颜，我喜欢它们，但我更喜欢乔治那清澈的眼睛。"

听到这话，洛克王转过头去，默默地打开第三个保险箱，给这位年轻的女士展示了一颗绝无仅有的水晶。水晶里面有一滴水，是从远古时期就囚禁在里面的，当人们晃动这颗水晶时，那滴水也会随之流动。他还向她展示了几块黄色的琥珀，里面的昆虫比珠宝还耀眼，是千百年来一直被人们所寻觅的瑰宝。它们那纤细的腿脚和脆弱的薄膜清晰可辨，如果有什么神奇的力量能像融化冰块一样去融化掉包裹它们的芬芳囚笼，它们似乎能再次展翅飞舞。

"这些都是最稀有的自然珍品，我把它们都送给你，蜜蜂。"

蜜蜂说："小洛克王，请收好您的琥珀和水晶吧，因为我并不能解放里面的虫蝇或水滴，无法给它们带去自由。"

洛克王静静地盯着蜜蜂看了好一会儿，然后说道："蜜蜂，这世界上最大的财富必将由你掌握，你可以得心应手地支配它们而不被它们所支配。贪婪的人终将成为黄金的俘虏，只有藐视财富的人才能真正安稳地占有财富，他们的灵魂远比他们拥有的财富更加可贵。"

说完，他向司库做了一个手势，司库拿来了一顶放置在衬垫上的金冠，递交给这位年轻的姑娘。

"请你收下这个金冠，它标志着我们对你的尊敬，"洛克王诚恳地说，"从今以后，你就是矮人国的公主了。"

说完，他亲自把金冠戴在了蜜蜂的头上。

第十二章
洛克王的愿望

矮人们用庆祝节日的方式来欢庆蜜蜂公主的加冕礼，这可是他们有史以来拥有的第一位公主。这些可爱的矮人们在头巾上、兜帽上都恰到好处地插上一枝蕨类植物或是两片橡树叶子，在巨大的圆形竞技场上尽情地游戏，在地下街道间蹦蹦跳跳。这样的欢庆活动一直持续了三十天之久。匹克沉浸在喜悦中，看上去像个极具灵感的人类诗人；善良的泰德陶醉在众人的欢愉之中；温柔的迪格开心激动地流下了热泪；鲁格却再次提议应该用笼子把蜜蜂给关起来，这样小矮人们就不会失去这位美丽可爱的公主了；鲍勃依旧骑着他的乌鸦翱翔，把欢笑声带到了高空，就连他的乌鸦也受到感染，发出快乐的"呱呱"的叫声。

在这铺天盖地的欢腾之下，唯有洛克王独自忧伤。

庆祝到第三十天的时候，洛克王准备了一场盛大的宴会款待新加冕的公主和举国上下所有的臣民。他站在带扶手的座椅上以使自己显得更加高大，和蔼可亲的面庞正好与蜜蜂公主的耳朵齐平。

"蜜蜂公主，"洛克王认真地说，"接下来我将提出一个正式的请求，您完全可以自由地决定是应允或是拒绝。克拉里斯的蜜蜂姑娘，矮人国的公主，请问您是否愿意成为我的妻子？"

说罢，他威严而恭敬地等待答复，模样是那般的英俊温和。蜜蜂帮他拨了拨胡须，回答道："小洛克王，如果我说我愿意做您的妻子，那一定只是为了好玩儿，我永远都不可能真正地成为您的妻子。当您向我求婚时，我想起了一位老朋友，他叫弗里哈特，曾经是克拉里斯的护卫。他常常讲一些好玩儿的故事来逗我开心。"

听了这番话，洛克王把头转到了一边，虽然他转得很迅速，可蜜蜂还是看见了挂在他眼睫毛上的一滴泪珠，她为自己伤了他的心而感到抱歉。

"小洛克王，"蜜蜂宽慰道，"我把您当作一个国王来爱，如果您能像弗里哈特过去那样逗得我哈哈大笑，那您就不会这样生气烦恼了。弗里哈特很会唱歌，如果不是因为他的灰头发和红鼻子，他也是蛮英俊的。"

洛克王调整好情绪，依然十分认真地说道："克拉里斯的蜜蜂姑娘，矮人国的公主，我深爱你，也希望有朝一日你能爱上我，即便你无法做到，我也会一直爱你。现在我只请求你，出于对我们友谊的尊重，要永远对我以诚相待。"

"小洛克王，我发誓我会的。"

"那好，蜜蜂，如果有一天你爱上了其他人，你会跟他结婚吗？"

"小洛克王，我还没有对谁有那么深的爱呢。"

洛克王笑了，他高举金酒杯，用响亮的声音提议大家为蜜蜂公主的健康干杯。于是，从大地深处传来了低沉而巨大的声响，因为他们聚会的餐桌从矮人国的这头一直延伸到了另一头。

第十三章
蜜蜂与母亲相见却无法相拥

如今的蜜蜂公主高梳发髻，头戴金冠，可她却变得悲伤而茫然。以前她会披散着头发笑着到铁匠铺去找她的好朋友匹克、泰德和迪格，她会调皮地扯扯他们脸上的胡子。他们的脸被火光映照得通红，他们会因为蜜蜂公主的到来而兴奋不已。这些善良的矮人朋友过去总喜欢伸手抚摸她的膝盖，管她叫蜜蜂，而现在见了面却都要向她鞠躬致意，恭恭敬敬地保持沉默。所以蜜蜂非常遗憾自己不再是个小孩儿，后悔做了这让人倍感压抑的矮人国公主。

自从那次看见洛克王流泪之后，蜜蜂再见到洛克王就没有以前那样快乐了。不过蜜蜂还是喜欢洛克王的，因为他很善良。

有一天，她牵着洛克王的手把他带到一块岩石的裂缝处，那里有一道光束，金色的尘埃在其中欢快地舞蹈。

"小洛克王，"她对他说，"我很烦恼，您是一国之主，我知道您爱我，但我真的很烦恼很痛苦。"

听到眼前的漂亮姑娘说出这样的感受，洛克王回应道："我爱你，克拉里斯的蜜蜂姑娘，矮人国的公主，这就是为什么我会一直将你留在我们的国度。矮人们可以教给你许多伟大而神奇的本领，那些都是你在人类世界没有机会见识到的，因为人类远不如矮人聪明善学。"

"确实如此。"蜜蜂说，"但是比起矮人，他们与我更相似，因此我也更喜欢他们。小洛克王，如果您不想看到我因悲伤而死去，就请让我再见见我的母亲吧。"

洛克王沉默不语，转身走开了。

蜜蜂孤独又沮丧地待在原地，呆呆地凝视着那束光。这样的光束沐浴着整片大地，倾泻在地面上每一个人身上，哪怕是那些流浪街头的乞丐，而贵为公主的她却不能享受这样的照耀。渐渐地，光束变得暗淡起来，从辉煌灿烂的金色变成了浅浅的蓝色。大地上夜幕降临，透过石缝可以看到一颗星星在闪闪发光。

　　忽然，不知是谁拍了拍她的肩膀，她扭头看到洛克王正穿着一件黑色斗篷站在她的身后，并将胳膊上搭着的另一件黑色斗篷披在她的身上，将她包裹住。

　　"来吧。"他对她说。

　　洛克王引领着蜜蜂一起从地下走了出来。当她再度看到树木被风儿吹拂，云朵在月亮上飘动，看到这清新蔚蓝的夜晚，当她再度闻到青草的芳香，把幼年时呼吸过的空气像潮水般揽入怀中，她悠长地舒了口气，觉得自己简直要快乐死了。

　　洛克王把蜜蜂揽入怀中，虽然他个头很小，但抱起蜜蜂来就如同抱起一片羽毛那样轻而易举。然后他们像鸟影似的在大地上滑翔。

　　"蜜蜂，你马上就能见到你的母亲了，但是请听好，你知道的，以前每个晚上我都送了一个梦给她，她每晚都能看到你的身影，她会对着那个身影倾诉和微笑，也会亲吻那个身影。今晚我会让你代替影子去你妈妈的梦里，这样你就可以见到她了，但是切记不要与她触碰，也不能同她讲话，否则魔法将被打破，她就再也不能见到你，也见不到你的身影了——事实上她也分辨不出哪个是真实的你，哪个是梦中你的身影。"

"嗯，我会十分小心的！小洛克王……啊，我看到了，我看到了！"

是的，那就是矗立在山上的克拉里斯城堡的瞭望塔，在夜色的笼罩下看起来黑乎乎的。两人从克拉里斯城堡那盛开着紫罗兰的城墙上快速掠过，蜜蜂都来不及抚摸一下那些亲切的老石头。很快，她就飞上了一个通往皇宫后门的斜坡，在斜坡的草丛中，能看见闪闪发亮的萤火虫。洛克王轻松地打开了后门，矮人——作为那种成天跟各种金属打交道的专家，是不会被任何锁啊、链条啊、门栓之类的东西困住的。

蜜蜂走上了通往母亲房间的螺旋楼梯，停下来用手按住怦怦直跳的心脏。房门缓缓开启，借着天花板上的大灯发出的光，蜜蜂看到了她的妈妈，她看上去很疲惫，面色苍白，鬓角已长出银丝。尽管如此，在女儿看来，她仍然美极了，甚至比过往岁月里那个戴着灿烂的珠宝骑马飞奔的妈妈还要美丽动人。母亲也在梦里看到了女儿，她张开双臂想要拥抱自己的孩子，而那个可怜的孩子又哭又笑，不知是该进还是该退，不由自主地投向母亲那张开的臂弯。说时迟那时快，洛克王一把拽过蜜蜂，像拽一根稻草一样把她从黑暗的原野上带走了，重新回到了地下的矮人国。

第十四章
洛克王的伤心事

蜜蜂坐在地下宫殿的花岗岩台阶上，透过石缝再次凝望蓝色的天空。那高高的树梢上，白色的喇叭花向着阳光尽情绽放，此情此景又惹得蜜蜂开始流泪，洛克王拉过她的手，问道："蜜蜂，你到底为什么哭呢？你还想要什么？"

蜜蜂已经连续好几天都这样闷闷不乐了。一些小矮人坐在她的脚边吹奏起了长笛和木箫，敲响了鼓和钹，演奏着简单的曲调，还有些小矮人为了逗她开心，连着翻跟头，那兜帽上的树叶尖都要插到地上去了，看着这些留着隐士一样的胡子、一本正经的小矮人做着这些滑稽的动作，没有比这更可笑的了，蜜蜂终于露出了笑容。善良的泰德和浪漫的迪格从看见她睡在湖边的那一天起就一直爱着她。同样爱着她的还有老诗人匹克，他轻轻地挽着她的胳膊，求她告诉他们为何会如此悲伤。

善良懂事的鲍尔把篮子里的葡萄拿给了她……所有人都拉着她的裙角，七嘴八舌地重复着国王的问话："亲爱的蜜蜂，亲爱的公主，你到底为什么哭呢？"

蜜蜂回答说："小洛克王，小矮人们，你们都很善良，我悲伤你们也悲伤，我哭泣你们也哭泣。要知道，我一想到白摩尔的乔治就会流泪。如今他一定长成了一个英勇的骑士，而我将再也见不到他。我很爱他，我想成为他的妻子。"

洛克王一下子松开了与蜜蜂紧握的手，质问道："蜜蜂，你为什么要欺骗我？在加冕宴会上，你曾亲口告诉我，你并没有爱上任何人。"

"小洛克王，我没有欺骗你，那时的我并不想嫁给他，但现在的我最大的愿望就是他能来向我求婚。但是他不会来，因为我不知道他在哪里，他也不知道我在哪里，这就是我哭泣的原因。"

听到这些话，矮人们停止了演奏，也不再翻跟头，都待在原地一动不动。泰德和迪格默默地流下了眼泪，鲍尔放下了装满葡萄的篮子，所有的矮人都担心地嘀咕着。

洛克王什么话也没有说，径直走开了。他的紫色披风像一股山洪似的拖在身后，头上的宝石王冠还是那样璀璨夺目，可是王冠之下的他却比任何人都要沮丧和难过。

第十五章
智者努尔的话让洛克王高兴起来

洛克王在蜜蜂面前极力掩饰着自己的软弱，只有当他一个人独处时，才会坐在地上抱住双脚，让自己沉浸在悲伤之中。

他非常嫉妒那个得到蜜蜂青睐的家伙，忍不住自言自语道："她居然已经坠入了爱河，但她所爱的人却不是我！我是国王，有渊博的知识，有无穷的财富，还知道许多神奇的奥秘，我比所有的矮人都更优秀。她却不爱我！她爱上了一个跟我们矮人根本没法比的年轻人，甚至这个人有可能都不在人世了。很显然，她不懂得欣赏眼前人的优点和价值，她是多么愚蠢啊。我本应该嘲笑她的无知，嘲笑她在爱情里失去了理智，但我爱她，我做不到。就是因为她不爱我，这个世界已经没有什么能让我快乐起来了。"

在许多漫长的日子里，洛克王独自徘徊在荒无人烟的峡谷中，脑子里不停地闪现悲伤的、有时甚至是邪恶的念头，他想通过囚禁和饥饿迫使蜜蜂成为他的妻子，但每当这个念头刚冒出来一点点，就马上被他自己抛弃了。他拿不定主意要不要去找她，因为他知道自己没有能力让她爱上自己。

他的怒火一下子转移到了乔治的身上，他希望能有个魔法师把这个年轻人带到很远很远的地方，让他永远没有机会和蜜蜂见面，或者，至少让他对蜜蜂的爱意不屑一顾。

洛克王一面为爱所伤，一面又积极地反思：虽然我年纪不大，但也经历了不少痛苦，可那些痛苦都不像今日所承受的这般强烈。以前那些因柔情和怜悯而产生的痛苦是神圣而平和的，而这一次，那些可怕的念头让这份痛苦多了许多阴暗的苦涩。我的灵魂干涸了，我的眼睛浸泡在泪水中，如同在燃烧的酸液里一般煎熬。

洛克王担心自己因为嫉妒而变得残忍不公，担心自己说出什么软弱或者粗暴的话来，那都是他不愿意看到的。因而他选择了逃避，一直躲着蜜蜂，尽量不与她相见。

有一天，他又想到了蜜蜂深爱乔治的事实，当感到再也无法忍受这样的痛苦后，他决定去请教努尔，那是矮人国里最有智慧的人。

努尔住在地下深处的一口井里，那里的温度适中而恒定，而且从来没有黑夜，因为有两颗星体交替着照亮那里的每一个角落，一颗是浅色的太阳，另一颗则是红色的月亮。洛克王在井下实验室里找到了努尔，他通常都在那里工作。努尔长着一张可爱的小老头儿的脸，兜帽里插着一枝野百里香，尽管学识渊博，但他仍时刻保持着这个种族所特有的天真和坦率。

"努尔，"洛克王先给他来了个拥抱，然后说道，"你见多识广，所以我想向你请教一件事情。"

"洛克王，您过奖了，"努尔回答道，"或许我知道许多事，但也不过是个普通人而已。好在我懂得如何去学习和了解那些我所不知道的事情，这就是我被人们冠以博学之名的缘由。"

"好吧。"洛克王继续问，"努尔，地上的白摩尔庄园有个叫乔治的男孩，你知道他现在在哪儿吗？"

"我不知道，我也没有兴趣了解，"努尔回答，"人类都是无知的、愚蠢的、邪恶的，我一点儿也不关心他们在想什么、做什么。那个傲慢可怜的种族唯一有价值的就是男人的勇气、女人的美丽和孩子的天真。洛克王，人类本应像矮人一样为了生存而劳作，可他们违背了这神圣的法则，他们宁愿战争也不愿劳作，宁愿自相残杀也不愿互相帮助。不过公平地说，我们必须承认，他们生命的短暂是他们无知和残暴的主要原因，他们活得太短，所以无法学会如何生活。跟他们相比，生活在地底下的矮人更加幸福和美好，即便我们不能永生，但至少我们能够活得和地球一样长，我们在大地的怀抱里，被大地最深处的、最富饶的温暖所笼罩。而对于那些出生在地球粗糙外壳上的种族来说，无论他们的呼吸是灼热还是冰冷，区别也只是活着与死去而已。不过，人类也应该感激那些极端的苦难与不幸，因为那让他们拥有了一种难得的品质，这种品质给人的灵魂增添了珍珠般的光彩，使他们中一些人的灵魂比矮人的灵魂还要美丽，这种品质就是同情心。"

"洛克王，"努尔继续说道，"苦难使人心怀慈悲、怜悯和同情，我们矮人对此并没有很深的体会，因为我们比人类聪明，所以经历的痛苦也就比较少。但我们有时也需要离开深邃的洞穴，到地面上与人类待在一起，去爱他们，去和他们一起经历苦难，一起体验怜悯之情，这种情感对人的慰藉就像天上的甘露滴落在干涸的土地上，是人类最宝贵的东西。不过，话说回来，洛克王，您刚才是不是问了我其中一个人的下落？"

洛克王重复了自己的问题："是的，他叫乔治。你知道他吗？"

老努尔看向满屋子的望远镜，在矮人国，矮人们是没有书籍的，即便有，也是从人类那里弄来当作玩具，他们不像人类那样在纸上做记号，而是通过望远镜去研究，唯一有些困难的就是需要选择合适的镜头并调整好焦距。这些镜头有的是用水晶做的，有的是用玉石做的，那种抛光后的钻石镜头则是最厉害的，可以看到很远的事物。在矮人国还有一种人类不知道的用特殊透明材质做成的望远镜，它可以让视线穿透墙壁和岩石，仿佛那些障碍物都是透明的，更神奇的是，它可以像镜子一样真实地再现过往的一切。这是因为矮人们可以在他们的洞里收集到各种光束，这些光曾经照耀过人类，也曾经照耀过各种动物、植物和山峦岩石，当这些阵雨般的光束穿过千百年的时空被矮人的镜头收集后，矮人们就能看到那些消失时代的景象。

老努尔就非常擅长于复原过去的影像，甚至对于那些我们想象不到的远在地球诞生前就存在的事物，他也能轻松还原再现。因此，找到乔治这件事对他来说并不难。他在一个非常普通的望远镜面前看了不到一分钟，就告诉洛克王："您要找的人现在正在水精灵的水晶宫殿里，那可是个有去无回的地方。那个水晶宫殿的彩虹墙就紧挨着我们矮人国。"

"他在那儿，真的吗？那就让他一直待在那儿吧。"洛克王搓着双手喊道。

说完，他抱了抱努尔，哈哈大笑着离开了深井。

一路上，他都摇头晃脑地笑得直不起腰来，胡子在胸前飘来飘去。别的矮人看到洛克王笑得这样开心，也受到感染，哈哈哈地大笑起来，然后一个传一个，直到整个地下王国都充满了这巨大而欢快的笑声。

第十六章
乔治的奇妙探险之旅

洛克王的好心情并没有持续很久，实际上他藏在被窝下的脸才是最真实的，那张脸既难过又纠结。一想到白摩尔的乔治还受困于精灵湖，他就彻夜难眠。于是在一天早上，当矮人国里最早起来的挤奶女工还在床上酣睡的时候，洛克王再一次去深井里拜访了努尔。

"努尔，"他说，"上次你还没有告诉我他在精灵湖里都在干些什么。"

听到这没头没脑的问话，老努尔觉得洛克王可能有点神志不清了，不过他倒也不担心，因为他太了解洛克王了，即便洛克王真的疯了，也一定会是个风度翩翩、机智优雅、亲切友好且心地善良的疯子。矮人们就连疯狂时也是极为温柔的，和他们神志清醒时一样富于想象。不过洛克王可没有疯，至少没有像人们通常为爱所困时所表现的那般疯癫。

"我是问白摩尔的乔治，"他补充道，因为他觉得这个小老头儿可能已经把那个年轻人忘得一干二净了。

博学的努尔将所有的望远镜仔细地排列好，那排列的方式实在是错综复杂。洛克王真的从这些镜头中看到了乔治模糊的影像，那还是当年他被精灵抓走时的模样。努尔又将各种镜头巧妙地摆弄了一番，这下失恋的洛克王看到了那位伯爵夫人的儿子全部的冒险经历。接下来描述的就是这两个矮人国男士所看到的情景：

当乔治被湖水精灵那冰冷的臂弯带走时，乔治感到流水压迫着他的双眼和胸膛，他以为自己就要死了。然而就在这时，却传来了动听的歌声，那声音仿佛轻抚着他，使他不由得沉浸在一阵愉悦的清凉之中。当他再次睁开眼睛时，发现自己已经在一个岩洞里，洞里有很多透出彩虹色光芒的水晶柱，最里面有一个巨大的珍珠母贝壳，闪烁着极其柔和的光彩，贝壳上面有一个覆盖着珊瑚和水草的宝座，精灵女王就坐在上面。女王的面貌比水晶和珍珠母贝壳还要温和，散发着动人的光泽。面对湖中精灵们带回来的这个小男孩，她始终报以微笑，用她的绿眼睛凝视了许久。

"朋友，"她终于打破了沉寂，对他说，"欢迎来到我们的世界，在这个世界里你将免于一切苦难。对你而言，再不会有枯燥无味的书本和粗暴野蛮的运动，也不会有任何粗俗的东西让你回想起大地和大地上的辛劳。取而代之的，是歌声、舞蹈，以及精灵们的友谊。"

从此，这些蓝头发的女人开始教男孩学习音乐、华尔兹舞蹈，还有上千种娱乐游戏。她们喜欢按照自己的样子给他的额头上绑满贝壳装饰。男孩却一心记挂着自己的国家，焦急不安地握着拳头。

一年又一年过去了，乔治渴望重返大地的决心从未改变，甚至更加强烈。那片充满苦难和深情的故土啊，或是被太阳烤焦了，或是被冰雪冻住了，那都是他曾经所看见过的景象。除此之外，他还期盼着能够再见到自己的蜜蜂妹妹。如今他已经长成了一个大男孩，上唇边微微浮动着一丝丝金色的毫毛，这浅浅的胡须赋予他勇气，于是有一天，他出现在女王跟前，深深鞠躬之后说道：

"女王陛下，如果您允许的话，我是来向您告别的，我要回到我克拉里斯的家去了。"

"亲爱的朋友，"女王微笑着说，"我不能允许你这样做，因为我把你留在水晶宫殿里就是为了让你成为我的朋友。"

"女王陛下，"乔治说，"我不值得拥有这样的荣誉。"

"不必谦让。一个优秀的骑士都认为自己足以赢得女主人的爱。再说，你还太年轻，还不清楚自己的优点和价值。不过可以肯定的是，没有人会对你有任何不好，但前提是你必须服从于你的女王。"

"女王陛下，我深爱着克拉里斯的蜜蜂，除了她，我不会再爱任何女人。"

精灵女王脸色变得苍白，但却更加迷人了，她哭喊道："蜜蜂不过就是一个平凡的女人，一个地面上的人生养的粗丫头，你怎么能爱上她？"

"我也不知道为什么，但我知道我就是爱她。"

"好吧，我会让你忘掉她的。"

此后，精灵女王继续用水晶宫殿中的各种欢乐之事来吸引乔治，好让他不去想蜜蜂和地面上的事。

　　乔治不了解女人的心思，但他猜想那应该更像是吕科墨得斯女儿中的阿基里斯（古希腊英雄），而不是魔法山上的唐豪瑟。他闷闷不乐地在这巨大宫殿的四壁上游走，想找个出口逃出去。但是四面八方的湖水把他包围在这个沉默而壮丽，像是个发光囚笼的王国里。从透明的墙体看去，他看到海葵盛开，看到珊瑚开花，还看到紫色的、天蓝色的、金色的鱼儿在精致的珊瑚间、贝壳上畅快嬉戏，一派生机勃勃。这些新奇的景象都无法引起他的兴趣，但慢慢地他却被精灵们那甜美的歌声给催眠了，逐渐失去热情，整个人变得懒散而麻木。

　　一天，乔治在宫殿的一个陈列室里偶然发现了一本古老的、镶着铜钉且破旧不堪的牛皮纸书。这本书是从大海的沉船里找来的，写的是骑士们的故事。书中详细讲述了骑士们的冒险经历，他们周游世界，与巨人搏斗，路见不平拔刀相助；他们历经艰难险阻，保护寡妇，用爱帮助孤儿追求正义和荣誉。看完这些壮观的冒险故事，乔治百感交集，有钦佩，也有羞愧和愤怒，他热血澎湃，面颊绯红，转而又变得暗淡惨白。他再也无法按捺心中的激情，高喊道："我也可以！我也可以成为一个英勇的骑士！我也可以周游世界，惩恶扬善，帮助不幸的人们。一切为了人民的利益，为了我心爱之人的名誉！哦，我的蜜蜂！"

此时，勇气使他的心胸变得伟大，他拔出刀剑大步走过水晶宫殿，那些白色的湖中精灵吓得如湖面上的银色波纹一般消失在他面前，只有精灵女王用绿色的眼睛冷冷地盯着他，看他步伐坚定地走向自己。

他向她冲过去，大喊道："解开你加在我身上的魔咒！给我打开通往大地的门！我渴望像骑士一样在太阳底下战斗，我渴望回到那个可以爱、可以痛、可以去奋斗的地方！把真实的生命和真实的阳光都还给我！给我行动的机会，让我去建立功勋伟业！如果你不答应，我就杀了你，你这个坏女人！"

精灵女王微笑着摇了摇头，美丽而平和，只轻轻说了声"不"。乔治拼尽全力刺向她，但他的长剑竟在女王那闪闪发光的胸脯上折断了。

"真是个无知的孩子！"她说。

她把他关入了一个像是水晶漏斗的地牢里，地牢与宫殿之间有一条水晶通道相连接。鲨鱼在他的周围游动徘徊，张开可怕的下颚，露出三排尖利的牙齿，似乎每一次攻击都要撞破脆弱的玻璃墙闯进来，如此，想要在这样可怕的牢房里睡觉是不可能的了。这个水晶漏斗的尖底在一块大岩石的下面，而那里恰好是矮人国最远、最隐蔽的一个洞穴的穹顶。

以上情景都是两个矮人在一个小时的时间里看到的，但这一个小时就好像他们伴随着乔治度过了一生一样长。在看完了地牢里令人悲伤的场景之后，老努尔拿出一盏魔法灯，用一种类似于演说者的口吻对洛克王说了很多话。

他说："洛克王，我已经让您看到了您想了解的一切。您学识渊博，我并不能给予您任何新知。我也不急于知道您对于刚刚所看到的一切是否感到高兴，但它们都是真的，这就足够了。科学从不考虑是否取悦于人，它是冷酷无情的。令人为之着迷并感到欣慰的从来不是科学，而是诗歌，这就是为什么说诗歌比科学更被人们所需要。洛克王，快去谱写属于您自己的诗歌吧。"

洛克王什么都没有说，转身离开了深井。

第十七章
洛克王的可怕旅行

从散发科学气息的深井出来之后，洛克王又去查看了他的财宝，那儿有一个特别的小盒子，只有他才有钥匙可以打开。只见他从中取出一枚戒指，戴在了自己的手指上。戒指的边缘发出光芒，因为它是用魔法石制成的，其用处将在后面的故事中显现出来。洛克王回到他的寝宫，穿上出远门时才穿的斗篷和结实的靴子，拿上一根棍子，便出发了。他穿过闹市、大路和村庄，走过一条条岩石走廊、一片片油层地带和一座座只有狭窄的开口相连的水晶石窟。

一路上他似乎都陷于沉思之中，嘴里说着一些毫无意义的话，但他的脚步一直很坚定，稳稳地向前走着。高山阻挡了他的路，他就爬上高山；悬崖逼停了他的脚步，他就走下悬崖；他渡过河流浅滩；他穿过弥漫着硫黄浓烟的可怕地带；他踩过燃烧的熔岩，留下深深的足迹。他不像个国王，而更像一个毅然决然的旅行者。他穿过黑漆漆的山洞，山洞里凹凸不平的地面上有着无数个小水坑，就像是大海的眼泪滴落在上面，无数的甲壳类动物在其中繁衍生长。巨型的螃蟹、硕大的小龙虾、海蜘蛛在洛克王的脚下嘎吱作响，有的在留下一两只爪子后慌忙逃走，逃亡的路上又惊动了年迈的乌贼，惹得它瞬间伸出上百只触角，张牙舞爪地吐出一口臭气熏天的浊气。洛克王一往无前，踉踉跄跄地走过这段艰难的路，来到石洞的尽头。抬头一看，一群庞大的、长着毒刺的装甲怪兽正在树枝上晃来晃去，它们有一对参差不齐的锯齿钳子，脚爪缠绕住脖子，触角末端的大眼睛挑衅地瞪着他。洛克王紧贴着凹凸不平的岩壁爬上石洞的一侧，装甲怪兽也紧跟着他爬了上去。他在黑暗中摸索着前进，直到碰触到一块从拱顶伸出来的石头。他用他的魔法戒指碰了碰这块石头，石头轰隆一声掉了下来，刹那间，一束光照入石洞，随之而来的是滚滚溪流，将装甲怪兽送回了它的黑暗老家。

洛克王从光束流泻进来的开口处探出头去，看见了乔治，那个思念着地面和蜜蜂的白摩尔的乔治还在他的水晶牢房里。洛克王此行跋山涉水，就是为了来拯救这位湖中精灵的囚徒。

但是当乔治看到这个头发、眉毛、胡须通通混杂在一起的大脑袋从水晶漏斗的底部冒出来时，他下意识地紧张起来，以为是危险来临，他立即伸手去拔剑，却忘了它早已折断在精灵女王的胸前。与此同时，洛克王也正打量着他。

"嚯！"他告诉自己，"这不过就是个孩子嘛。"

谁说不是呢，那就是一个天真烂漫的孩子，也正是由于他的单纯，才得以从精灵女王那甜蜜却又致命的吻中逃脱。即便是学富五车的亚里士多德，也未必能轻易做到呢。

此时的乔治手无寸铁，他也意识到了这一点，便主动开口质问道："大脑袋，你想对我做什么？我跟你无冤无仇的，你为什么要来害我？"

洛克王没好气地回答道："我亲爱的小伙子，你怎么会知道你有没有伤害过我呢，因为你压根儿不了解事情的前因后果，不知道发生了什么，也不懂得其中的道理。不过咱们这会儿还是先别谈这些了，除非你并不想走出这个漏斗，不想离开这儿。"

乔治一听高兴极了，他一刻也没有耽误，立马潜入那个洞穴，贴着岩壁往下滑，很快就滑到了洞穴的底部。

"您是个好人，"乔治对他的救命恩人说，"我这辈子都会喜欢您、感激您。另外，请问您知道克拉里斯的蜜蜂在哪儿吗？"

"我知道很多事情，"矮人回答，"但我尤其不喜欢好打听的人。"

听了这话，乔治有些羞愧，只好闭嘴不再多问，默默地跟着这位向导穿过生活着乌贼和螃蟹的浑浊通道。洛克王带着点挖苦的笑容对他说："这条路可是相当崎岖哦，我年轻的王子。"

"先生，"乔治真诚地回答，"这是通向自由的道路，因此无论怎样都是令人愉快的。而且只要跟着我的救命恩人，就不必担心会迷失方向。"

洛克王咬了咬嘴唇，没有继续说话。二人就这样一路走到了石廊，那里有一道供矮人们直达地面的石梯。他指着石梯告诉年轻的小伙子："这就是你想找的路，再见。"

"别急着说再见，"乔治说，"请告诉我您会再与我见面的。在您为我做了这一切之后，我的生命就属于您了。"

洛克王回答道："我做这些不是为了你，是为了别的原因。我们最好不要再见到彼此，因为我们可能并不是很喜欢对方。"

乔治还是穷追不舍，满怀诚意地说："我并不认为我的获释会给我带来痛苦，而事实上我现在真的很难过。再见，先生。"

"愿你旅途愉快。"洛克王粗鲁地草草告别。

石梯的尽头是一个采石场，那里距离克拉里斯城堡只有不到一里路了。

洛克王继续赶路，边走边自言自语道："这个男孩子既没有学问，又没有矮人们的财富，真搞不懂他为何能赢得蜜蜂的爱，是因为他年轻英俊，还是因为他忠诚勇敢？"

此时的他真是一身轻松啊，脚步也变欢快了。他自顾自地笑着回到了镇上，好似一个对别人做了恶作剧的人。当他经过蜜蜂的房子时，他的大脑袋从窗户探了进去，就像探进水晶漏斗时那样。他看到年轻的小姐正在用银线绣着面纱，便打了个招呼："高兴些，蜜蜂。"

"您也一样啊，"蜜蜂答，"小洛克王，希望您永远都不需要有什么愿望，这样就不会有任何遗憾了。"

他倒是有一些愿望，不过现在已经谈不上遗憾了。这样一想，晚餐时他胃口大开，享用了好多菌菇山鸡，然后他叫来了鲍勃。

"鲍勃，"他说，"骑上你的乌鸦，去给蜜蜂公主送个信，告诉她白摩尔的乔治被精灵囚禁了很长时间，今天已经重新回到克拉里斯城堡了。"

鲍勃领命后骑上乌鸦飞走了。

第十八章
老裁缝约翰的奇特遭遇以及林中鸟儿动听的歌声

乔治回到儿时生活过的土地，见到的第一个人便是老裁缝约翰，他的胳膊上搭着一件为城堡管家做的猩红色西装。这个老伙计一见到年轻的主人就惊得一声大叫，激动地说："圣詹姆斯！如果这不是七年前在精灵湖落水的乔治殿下，那也一定是他的魂魄或他变成的怨鬼！"

"既不是魂魄，也不是怨鬼，我的好约翰，我就是那个白摩尔的乔治，总是溜进你的铺子，向你讨要布头给蜜蜂妹妹的布娃娃们做小衣服的乔治。"

老头儿惊叫道："这么说您并没有掉进水里，殿下？我真是太开心了，您看起来好极了。我的孙子彼得以前经常在星期天的早晨爬到我的胳膊上，看着您和公爵夫人一起骑马经过，现在他已经是一个很英俊的小伙子了，还是一个不错的工匠啦。如果他知道您并没有沉入水底，一定会非常高兴，因为他总以为您被鱼儿吃掉了。他很聪明，殿下，总喜欢说一些世界上最有趣的事情。其实克拉里斯的每个人都为您感到惋惜，因为您本是前途无量的孩子。有一次您来找我借针，但那时您太小了，没办法安全熟练地使用它，所以我不愿意借给您，您跟我说那您就去树林里摘些松针来用，这件事儿我至死都会记得。您当时真的就是那么说的，现在想起来，我还是忍不住想笑呢。我发誓您就是那么说的。我们的小彼得也常常说这种精彩有趣的话。他现在是个箍桶匠，非常乐意为您效劳，殿下。"

"好，如果要雇人我一定会雇他的。但是，约翰师傅，现在你能给我讲一讲有关蜜蜂和公爵夫人的消息吗？"

"啊？殿下，这些年您都在哪儿呢？难道不知道蜜蜂公主在七年前被山上的矮人抓走了吗？就在您落水的同一天，她也失踪了。可以说，公爵夫人一天之内失去了她最心爱的两朵花儿。从那以后，她万分悲痛。所以我总说，世界上的伟人跟贫穷的工人一样，也都有他们自己的麻烦事。正如人们所说，猫也可以看着国王，众生平等，无所谓高低贵贱。从此，善良的公爵夫人眼见着白了头发，失去了所有的欢乐。到了春天，当公爵夫人穿着黑色的衣裙在鸟儿鸣叫的树林中散步的时候，恐怕最小的鸟儿都比这位克拉里斯的君主更令人羡慕。不过，她的悲伤并不是毫无希望，殿下，虽然她没有您的消息，但至少她在梦里得知了她的女儿还活着。"

老约翰说完这些，又说了很多别的事情，可是乔治自从听到蜜蜂成了矮人的俘虏后就再也听不进别的了。他思忖着："小矮人把蜜蜂扣留在地底下，一个小矮人却把我从水晶牢房里救了出来。这事儿太蹊跷了，看来小矮人们并非都是一样的脾气秉性，我的恩人跟抓走蜜蜂妹妹的那些小矮人肯定不是一伙的。"

乔治想不明白这到底是怎么回事，但他知道自己一定要把蜜蜂救出来。

现在他正跟着老约翰一起经过小镇，他们所过之处，那些站在门口的老妇人都会互相打听这个陌生的年轻人是谁，因为她们都认为他实在是太英俊了，有些细心的人认出来那就是白摩尔的小主人，吓得还以为遇见了鬼，使劲儿地比画着"十"字逃跑了。

"应该往他身上泼一些圣水，"一个老妇人说，"这样他就会消失，只留下一股令人作呕的硫黄味儿。现在他已经抓走了老约翰，一定会把他活生生地扔进地狱烈火中。"

"说话注意一点，老婆婆，"有位正义人士说，"年轻的领主好端端地活着呢，比你我活得都好。他就像玫瑰花一样鲜艳，看上去像是刚从某个尊贵的宫廷回来，而不像是从另一个世界。男人都是从远方归来的，我的好女士。还记得去年圣烛节从罗马回来的弗里哈特护卫吧，那就是例证。"

而军械工的女儿玛丽则对乔治心生爱慕，回到自己的闺房，跪在圣母像前祈求："圣母啊，请赐我一个如年轻领主般迷人的丈夫吧。"

每个人都以自己的方式议论着"死而复生"的乔治，一时间，乔治回来的消息传得沸沸扬扬，传到了正在果园里散步的公爵夫人的耳朵里。她瞬间心跳加速，听到树林里所有的鸟儿都在歌唱：

咕咕咕，咕咕咕，

白摩尔的乔治，

咕咕咕，咕咕咕，

你养育的孩子，

咕咕咕，咕咕咕，

在这里，在这里。

弗里哈特恭恭敬敬地走近公爵夫人，对她说："陛下，您以为已经死去的乔治回来了，白摩尔的乔治。我要写首歌来庆祝这个好消息。"

枝头的鸟儿还在唱着：

咕咕咕，咕咕咕，

在这里，在这里……

当从小被视若己出的养子真的向她走来时，公爵夫人张开双臂迎接，却一时情难自控而昏了过去。

第十九章
缎面拖鞋的故事

克拉里斯举国上下都认为蜜蜂公主被小矮人抓走是确定无疑的事实，公爵夫人也一样坚信，但她在梦里一直没能得到更详细的信息。

"我们会找到她的。"乔治说。

"我们会找到她的。"弗里哈特也说。

"我们将把她带回她母亲的身边。"乔治说。

"我们会把她带回来的。"弗里哈特也说。

"我们会迎娶她。"乔治说。

"我们会迎娶她。"弗里哈特也说。

他们到处向人打听了解矮人的习性和关于蜜蜂被抓走的一切情况。根据一些线索，他们找到了公爵夫人曾经的女仆格劳斯，但她早已年迈，在乡下院子里喂些家禽。当年轻的主人在护卫陪同下找到她时，她正"咕咕咕，咯咯咯"地唤着喂食小鸡们。

"咕！咕咕咕咕咕，咯咯咯！哦，殿下，咕咕咕，您都长这么大……咕！咕！这么英俊啦？咕！咕咕咕咕，嗦！嗦！您看到那边那只大鸡抢小鸡的吃食了吗？嗦！嗦！您看哪，殿下，世界上的每个地方，好东西都是被富人占着的，瘦的越来越瘦，胖的越来越胖。这世上压根儿就没有什么正义公平。殿下，我能为您做些什么呢？想必您二位都想来杯啤酒吧？"

"我们非常乐意！格劳斯，除此之外我还想吻你，因为你曾经照料过蜜蜂的妈妈，而蜜蜂是我在这个世界上最心爱的人。"

"千真万确，殿下。我的孩子在六个月零十四天的时候长了第一颗牙，那时城堡里还是上一任公爵夫人，她送给我一件礼物。哦，确实是这样的。"

"哦，好了，好了，格劳斯，你知道抓走蜜蜂的小矮人吗？"

"殿下，您说抓走她的小矮人？那我可什么都不知道。像我这样的老太婆还能知道什么呢，我早就忘了那个小丫头啦，我甚至连自己的老花镜放在哪儿都不知道了，常常戴着眼镜找眼镜。快尝尝这个啤酒，它可是又甜又凉，味道好极了。"

"祝你身体健康，格劳斯！但我们听说你的丈夫知道一些关于蜜蜂被带走的事情。"

"哦，是的，是的，殿下，千真万确。虽然他从未受过任何教育，但他知道很多很多事情，都是从客栈啊、酒馆啊学来的。他的记性也好，从不忘记任何事。如果他还活着的话，他可以每个礼拜都和咱们坐在这张桌子旁边讲故事。他给我讲了太多太多五花八门的事情，搞得我脑子里一团糨糊，毫无头绪，一时半会儿是理不清了。哦，千真万确，殿下。"

没错，确实如此。这个老女仆的脑袋就像个破烂的旧水壶，乔治和弗里哈特费了九牛二虎之力才从她的嘴里挖出一点有用的信息，从中筛选拼凑出了下面这个以某种怪异风格起头的故事：

"七年前，殿下，就是您和蜜蜂公主陷入绝境再没回来的那一天，我的丈夫正好去山里卖马。这可是千真万确！他给马儿喂了很多燕麦，里面还兑了苹果酒，这让那马儿看上去腿脚结实、眼睛明亮，然后他把它牵到了山里的市场上，他的燕麦和苹果酒果然没有白费，它们让他的马儿卖了一个好价钱。牲口也是凭外貌而被判断的，这一点和我们人类一样。我的丈夫因为这笔好生意而分外高兴，于是主动邀约了他的好伙计们一起喝酒，哦，殿下，我不得不告诉您，整个克拉里斯都再找不出第二个比我丈夫更能喝的人了，以至于那一天在经历了那么多美好的事情和感受之后，他晚上独自回家时走错了路。后来他发现自己走到了一个山洞附近，他想尽可能地看清楚周围的情况，就在这时，他看到一群小矮人抬着一个担架，担架上面有一个小孩儿，也分不清是男孩儿还是女孩儿。他害怕节外生枝惹出麻烦来，便赶紧逃跑了，好在酒精还没有让他丧失判断力。没跑出多远，他把自己的烟斗弄掉了，就赶紧弯腰去捡，却意外地捡到一只小小的缎子拖鞋。对这件事他还说过一句话，每当心情不错的时候，他都喜欢重复这句话：'这可真是开天辟地头一回啊，烟斗变拖鞋。'因为那只拖鞋一看就是一个小女孩的，所以他猜想那肯定是那个女孩在被矮人抓走的时候遗落在树林里的，刚刚看到的应该就是她被捕获的情形了。正当他准备把拖鞋放进口袋时，好几个戴着兜帽的小矮人一齐将他扑倒在地，不停地打他的头，把他给打懵了，待在原地很久都回不过神来。"

"格劳斯！格劳斯！"乔治激动地大喊，"那是蜜蜂的拖鞋！赶快给我，我就算吻它千百遍也不够！它将永远在我的心中拥有一席之地，即便是我死了，也要跟它埋葬在一起。"

"哦，当然，随您喜欢，殿下。只是，您要去哪儿拿到那鞋子呢？小矮人们把它从我那可怜的丈夫手里抢走了。我丈夫曾经试图把那只拖鞋装进自己的口袋里，然后拿给法官大人，他甚至认为这就是他被痛打的原因。他在心情好的时候还经常谈到这件事情，哦，千真万确，就是这样的……"

"够了！够了！你只需要告诉我那个山洞的名字就好了。"

"它应该叫矮人洞，殿下，大概是这个名字吧，我那死去的丈夫……"

"格劳斯！一个字也别再多说了！那，弗里哈特，你知道这个山洞在哪儿吗？"

"殿下，"弗里哈特将杯子里的啤酒一饮而尽后回答，"如果您能多了解一点我的诗歌，就会知道，我曾经在这个山洞里写了一打诗歌尽情地描绘它，甚至连最微小的苔藓都不曾落下。我敢说，殿下，那十二首诗歌里至少有六首非常值得一读，其他六首也不可小觑。我这就为您吟唱一两首……"

"弗里哈特，"乔治大喊道，"我们得赶紧去矮人洞捉拿那些家伙，把蜜蜂给救出来！"

"毫无疑问，那是当然！"弗里哈特回答道。

第二十章
一场生死未卜的冒险

夜幕降临，当城堡里的人都睡着后，乔治和弗里哈特便悄悄地溜进了底楼大厅去找兵器。那里有各式各样的长矛、宝剑、短剑、猎刀、匕首，都是杀人和捕狼所必需的武器，在烟雾缭绕的托架上泛着星星点点的冷光。柱子上还整齐地挂着一副副盔甲，看上去庄严而神圣，散发着骄傲的气息，似乎每一套盔甲里都充盈着一个英勇的灵魂，诉说他在过去的岁月里是如何穿着这一身戎装驰骋疆场、到处冒险的。这些盔甲统统保持着同一姿势——护手甲的十个铁指握住长矛，盾牌则放在大腿的护胫流苏之上，仿佛在教导人们，作战时勇气固然重要，谨慎也是必需的品质，一个好的士兵既要有防御的武器，也要有进攻的武器。

乔治从中挑选了一套中意的盔甲，那是蜜蜂的父亲南征北战时所穿，一直带到了阿瓦隆岛和图勒岛。他在弗里哈特的帮助下穿戴整齐，也没有忘记拿上那块刻有克拉里斯金太阳的盾牌。另一边呢，弗里哈特穿上了他的祖父曾用来披荆斩棘的钢制大衣，戴上了一顶旧式头盔，头盔上插的装饰物被虫蛀过，破破烂烂的，可能是羽毛，也可能是灯芯草。他之所以打扮成这样，就是为了好玩儿，为了看起来滑稽有趣。因为他认为乐观和幽默的心态在任何时候都是管用的通行证，尤其在处于危险境地之时，它会有意想不到的妙用。

一番武装之后，两人趁着月色出发了。他们先穿过黑暗的田野，来到了紧临暗道的一片小树林边上，弗里哈特已经提前把马匹拴在了那里，当他们赶到时，它们正在那儿啃着树皮。这两匹马跑得很快，只用了不到一个小时就来到了矮人们居住的地方，一路上在他们身边闪过的都是跳动闪烁的磷火光影和幽灵幻象。

"这就是那个山洞。"弗里哈特说。

年轻的主人和忠诚的护卫勒缰下马，手持宝剑走进山洞。要知道，这一进可是凶多吉少，敢于进行这样的冒险，那得需要多大的勇气啊，可坠入爱河的乔治和忠心耿耿的弗里哈特却没有丝毫犹豫，就像这位幽默风趣的诗人所说："前面有甜蜜的爱情引路，还有什么事情是友谊不可承载、不能办到的呢？"

他们在黑暗的洞中行进了将近一个小时，忽然看到一个大火球，把二人惊了一跳。正如我们在前面章节里所知道的，那是为矮人国提供照明的众多流星之一。借着这地下送来的光亮，他们看到自己正身处一座古老城堡的底部。

"就是这儿了，"乔治说，"这就是我们要攻夺的城堡。"

"毫无疑问。"弗里哈特回答说，"不过在那之前，请您和我一起享用一些佳酿，那可是我带来的秘密武器。好酒配英雄，英雄造好矛，好矛杀强敌。"

乔治环顾四周没看见一个人影，便用剑柄狠狠地敲打城堡的大门。一个微微颤抖的声音从高处传来，乔治抬起头循声望去，看见一个留着长胡子的小老头子在一扇窗户前问他："你是谁？"

"白摩尔的乔治。"

"你来这里想干什么？"

"我想接走克拉里斯的蜜蜂公主，就是被你们无端扣留的姑娘，你们把她扣在了你们的鼹鼠山上，你们这帮丑恶的鼹鼠！"

那个矮人消失不见了，于是又只剩下乔治和弗里哈特两个人。弗里哈特对乔治说："殿下，如果我说您在回答小矮人问话时没有展现出最佳的言语沟通艺术，没能有效地取得别人的信任，不知道会不会冒犯了您。"

弗里哈特的确什么都不怕，但是他毕竟老了，他的言行举止跟他那日渐光亮的头顶一样，随着时间的推移越来越平淡，越来越与世无争，不喜欢看到别人生气和烦恼。而一旁的乔治却与之形成鲜明对比，年轻气盛的他大喊大叫着："你们这些见不得光的家伙！鼹鼠！獾子！睡鼠！一旦这门开了，我一定要把你们的耳朵统统割下来！"

他的话音刚落，城堡的青铜大门就缓缓地自动打开了。乔治一下子害怕起来，但他还是跨过了那扇神秘的大门，因为他的勇气远胜于恐惧。一进城堡，他就看到所有的窗户上、走廊里、房顶上、山墙上、天窗里，甚至烟囱上，都站满了全副武装的小矮人，每个人手上都拿着弓箭。

乔治听到身后传来关闭铜门的声音，紧接着一阵箭雨猛烈地落在他的头上、肩膀上。他再一次感受到了害怕，也再一次战胜了它。他胳膊上套着盾牌，手里挥舞着宝剑穿过箭雨，一路跑上了楼梯。忽然，他看见在前方最高的台阶上，站着一个气宇轩昂的矮人，只见他手执金色权杖，头戴王冠，身披紫色斗篷，泰然自若地站在那里。而乔治仅看一眼便十分肯定这就是把他从水晶牢房里解救出来的恩人。他俯身在他脚下，含泪询问："我的恩人，真的是您吗？难道您也是夺我所爱的矮人之一？"

　　"我是矮人国的国王洛克。"洛克王说道，"我将蜜蜂留在身边，将我们矮人的智慧传授给她。孩子，你这样擅自闯入我的国土，就好似无情的冰雹落进平静的花圃。不过我们矮人可不像人类那样懦弱无能，也不像他们那样动不动就生气动武。我的智慧要比你高得多，所以无论你做出什么举动来，我都可以既往不咎。与你相比较，我的优点很多，其中我最看重的一点就是公正无私。所以我会放了蜜蜂，但我得尊重她的意见，问问她是否愿意跟你走。我这么做绝不是因为你的要求，而是因为我认为应该如此。"

现场一片沉寂，紧接着蜜蜂身着白色长裙、披散着金发走入大家的视野。她一看到乔治，便激动地跑过去扑在了他的怀里，竭尽全力抱紧这位钢铁骑士的胸膛，生怕再度失去。

此时，洛克王说话了：

"蜜蜂，这个男人就是你想要结婚的对象吗？"

"是的，千真万确，就是他，就是这个男人。"蜜蜂回答，"亲爱的矮人朋友们，看啊，就是他。这一刻太美妙了，我简直太开心了。"

蜜蜂哭了起来，泪水滴落在乔治的脸上，他们一起相拥，喜极而泣，又哭又笑地相互倾诉着。他们的确有说不完的话，但都是些没头没脑的甜言蜜语，跟孩提时的呢喃细语一样。此刻的蜜蜂根本不会想到，她开心的样子却是洛克王心中的悲伤。

"亲爱的，"乔治对她说，"今日与你重逢的场景和我之前所想象的一模一样：你长成了世界上最美丽、最可爱的女子。你爱我！感谢上天，你是爱我的！对了，蜜蜂，你愿意把你的爱分一点给洛克王吗？因为若不是他，我还被精灵们囚禁在水晶牢房里，与你远隔千里。是他把我救了出来，让我有机会与你团聚。"

蜜蜂听后转身对着洛克王说："这是真的吗，小洛克王？这一切都是您做的！"她又忍不住哭了起来，这一次的泪水全是感动："您的爱是如此无私，您爱我，却帮另一个爱我的人重获自由……"她说不下去了，双手抱着头跪了下来。

看到这一幕的所有的矮人都很受感动，热泪滴落在弓弩之上。只有洛克王自始至终都面无表情，不喜不悲。蜜蜂看到他如此宽宏大量，如此博爱善良，不禁升起一种女儿对父亲般的爱，她抓住乔治的手，真挚地说："乔治，我爱你，上天能证明我有多么爱你。但我怎么能够抛下小洛克王而去呢？"

忽然，洛克王发出了可怕的笑声："哈哈哈！那就不必离开，你俩可都是我的俘虏了。"

众人还来不及惊诧害怕，立即就明白，他不过是装腔作势地用这样的声音来开了一个玩笑而已。经过这么长时间的思考，他早已洞察一切，不再为蜜蜂的爱而烦恼，所以现在的他真的一点儿也没有生气。这时，弗里哈特从人群中走出来，单膝跪地请求道："尊敬的陛下，可否让在下随同主人一起被囚禁？在下甘愿成为您的俘虏。"

此话一出，现场气氛瞬间就活跃起来了。蜜蜂这才认出他来，兴奋地上前问候："真的是你啊，我亲爱的弗里哈特，能再次见到你真是太让人高兴了。瞧你头上插的羽毛，太丑啦。快给我讲讲，你是不是又写了好多新故事？"

说话间，洛克王带着他们三人一起享用了晚餐。

第二十一章
圆满的结局

第二天，乔治和弗里哈特穿上矮人为他们准备的华丽衣衫，前往国王议事的大厅。洛克王信守承诺，不久便身着君王盛装如约而至。跟在他身后的是带着武器的军官们，他们穿着用皮毛缝制而成的华丽服装，佩戴着装饰了天鹅羽翅的头盔。其他的矮人也成群结队地从窗户、通风口、烟囱等出口走了出来，有的甚至是从座位底下爬出来的。

大厅里的石桌一头整整齐齐地摆放着酒壶、烛台、金杯和金碗，做工考究，精致美观。洛克王就站在这张石桌上，示意乔治和蜜蜂来到自己近旁。他说："蜜蜂，矮人国的法律规定，陌生人来到我们国家必须待满七年，七年后可以自由离去。你已经和我们一起生活了七年，如果我继续扣留你，那我不仅失信于你，也失信于全体臣民，我也就不是矮人国的好公民，更不是一个好国王了。虽然我没能娶到你，但我希望在你离开之前，我可以亲自将你许配给你所认定的那个男人。我非常乐意这么做，因为我爱你胜过爱我自己。至于我的伤痛，如果还有那么一丁点，那也一定只是一个隐藏在我的幸福快乐之中的小小影子，难以察觉。来吧，克拉里斯的蜜蜂，矮人国的公主，请把你的手给我。还有你，白摩尔的乔治，也请你把手给我。"

握着一对恋人的手，洛克王转而面向他的臣民，用洪亮的声音郑重宣布："我亲爱的子民、亲爱的孩子们，这两位彼此相爱的年轻人将在大地上成婚，而在座的你们都是他们彼此托付的见证人，他们幸福的见证人。就让他们一起回到原本属于他们的地方去，愿他们的结合带来勇气、谦逊和忠实，就好像优秀的园丁培育出最鲜艳的玫瑰、康乃馨和牡丹。"

他的话音刚落，全场大声喧哗起来。矮人们不知该为蜜蜂公主的离开而悲伤，还是为她与心上人情定终身而高兴，这两股截然相反的情绪让他们理不出头绪。洛克王再次转向订婚的二人，给他们看那一桌的碗和酒壶，还有诸多精美华丽的盘碟。

"蜜蜂，这些都是矮人们赠予你的礼物，带上它们一起走吧。看见它们，就像看见你的这些小人儿朋友一样，这些都是他们送给你的，不是我送的。稍后你就会知道我为你准备的礼物是什么了。"

说完，洛克王温柔地凝视着蜜蜂。她是如此美丽，头上戴着玫瑰花朵，此刻正幸福地依偎在未婚夫的肩膀上。四周没有一点儿声音，生怕打扰了这温馨美好的画面。

静默一阵之后，洛克王慈爱地说："孩子，仅仅深深相爱还不够，还须懂得如何去爱、爱得恰到好处。毫无疑问，伟大的爱令人羡慕，但充满智慧的爱才更被人称颂。愿你们的爱温柔而坚强；愿你们的爱饱满而富有，也有足够的宽容；愿你们的爱中带着一丝怜悯，而不只是骄傲。你们年轻、漂亮、善良，但你们是人类，所以必将遭受许多苦难。也正因为如此，如果你们彼此间缺乏忍耐与同情，就很难逾越现实生活中的困难，就像节日里的盛装，虽然漂亮，却不能抵挡风雨。所以你们要爱彼此的全部，甚至包括他的弱点与不足，怜悯、宽容和慰藉，这就是爱以及爱的真谛。"

　　洛克王自己也被如此甜蜜而强大的情感所感染，他稍作停顿后继续说："孩子们，要幸福、要快乐，要小心呵护这份属于你们的幸福和快乐。"

　　在国王说话的同时，匹克、泰德、迪格、鲍勃、鲍尔等人牢牢抓住蜜蜂公主的白色斗篷，亲吻她的手臂和双手，恳求她不要离开。随后，洛克王从腰间取出一枚发出耀眼光芒的戒指——就是那颗帮助他打开精灵地牢的魔法戒指。他亲自为蜜蜂戴在手指上，然后说："蜜蜂，请从我的手中接下这枚戒指，它可以带着你和你的丈夫在任何时候回到矮人国，我们会随时欢迎你们回来，并为你们提供你们所需要的帮助和支持。还有，请记得教导你的孩子，不要看不起我们这些住在地底下的天真而勤劳的小矮人。祝福你们，再见！"